「アタの可愛い声でねだって」

　そう言われたときも、少しも迷わなかった。

「触って……ほしい、です……もっと」

Cocktail Kiss Label

オメガの純情

～砂漠の王子と奇跡の子～

高岡ミズミ
Mizumi Takaoka

この物語はフィクションであり、実在の人物・団体・事件等とは、いっさい関係ありません。

Contents

イラスト・小山田あみ

オメガの純情

～砂漠の王子と奇跡の子～

人肌がこんなにも気持ちいいって初めて知ったよ。

そう言ったとき、あなたは困った顔をして笑ったね。


大きな手が身体の上を張っていく。まるで神経が剥き出しになってしまったかのように過敏に反応して震えると、形のいい唇が微かに綻んだ。

「大丈夫。僕に任せて」

アタ、とやわらかな声で呼ばれるたびに心が乱れる。でも、もうどうしようもない。言われるまでもなく身を委ね、翻弄される以外自分にできることなんてなにもなかった。

「あ……」

背中から抱き寄せられて、自然に力が抜けていった。うなじに唇を押し当ててきてから、ラシードはまた、

「――アタ」

囁くように名前を唇にのせた。と同時に、後孔に熱が押し当てられる。

「緊張しないで」

甘ったるいラシードの声。

「あ……」

直後、身体が押し開かれ、体内へゆっくり挿ってくるラシードに圧倒される。どんなに緩められていようと、尋常ではない存在感に無意識のうちに身体が逃げようとするが、ラシードはそれを許さず、いっそう自身に引き寄せると子どもを宥めるように耳元で囁くのだ。

アタ、きみを傷つけないから、と。

「あ……や……ぁ」

いっそ一気にとねだってしまいそうになるほど、長い時間をかけられる。奥深くまで穿たれ、隙間がないほど密着したときに最初に感じたのは、心からの安堵だった。

何度も髪を撫でてきたラシードが、肩や首筋、耳元に鼻先をくっつけて、ふっと笑う。

「匂いが強くなった。脳天に直接くるのとはちがう、身体じゅう広がっていくような甘い匂い——いつもこんな匂いをさせてるの？」

「……わから、ないけど」

「じゃあ、今日が特別？」

ちゃんと受け答えをしなければとは思うのに、徐々になにも話せなくなる。

「……ん」

ラシードが匂いを嗅ぐついでとばかりにあちこちにキスをしてくるせいだ。口を閉じていないと、いまにもおかしな声が出てしまいそうだった。

「すごくいい」

吐息混じりの言葉とともに奥を軽く刺激されて、背筋から脳天まで甘い痺れが駆け上がった。

初めての感覚だ。初めてなのに、快感だとわかる。ラシードの息が時折掠れる、それだけのことにも身体が震えるほどの心地よさが押し寄せてくるのだから。

「あ、あ……」

とうとう堪えきれずに唇を解いた。繋がったところからもたらされる愉悦にはどうしたって抗えない。知らず識《し》らず腰を揺らめかせてしまう。頭の中には霞《かすみ》がかかり、身体は熱くなる一方だ。

むせ返るほど甘い空気が纏わりついてきて、いつしか羞恥心も薄れる。いま、ここにあるのは自分たちふたりの本能だけだと、身体じゅうで感じ取っていた。

は、は、と獣じみた息をつきつつ、絡み合う。

「ラシー……あぅぅ」

「アタ――」

「あ」

最奥を突かれた途端、小さく呻いて仰け反った。内壁が痙攣し、ラシードのものに絡みつくのを自覚し、いっそう極みの声がこぼれ出た。

初めての味わう悦びに身も心も溺れ、頼もしい腕にすがりつく。自然にあふれ出る涙を止めることができない。

「夢中になりそうだ、アタ」

たとえその言葉がほんの気まぐれだとしても構わなかった。この時間、この一瞬の夢のような出来事は、自分の灰色の人生においてたったひとつ、鮮やかな色のついた光になるだろう。

「前から、してほし……」

自らそう言うと、きつく抱きつき、汗ばんだ身体をなおも添わせながらひたすら快楽を追った。ラシードを熱や匂いを全身に刻みつけるように。

自身の体温をラシードの肌に移すように。

何度も。

1

手のひらの中にある小銭を数え、ため息を押し殺してポケットに押し込む。仕事が丁寧だからと多少色をつけてもらえたものの、衣類の繕いもの程度では一日分の食費にも届かない。

昨今の好景気も街の賑わいも自分にとっては遠い国の出来事で、ひとり取り残されているような心細さを覚えるが、いくら我が身の境遇を嘆いたところで無意味だというのも誰よりよくわかっている。

たとえわずかな賃金であっても、仕事にありつけるだけマシなのだ。

「そこのお兄さん、恋人に花をどう？」

投げかけられた声に、いつの間にか下へ落としていた目を上げる。花屋の青年は視線が合うと、

「なんだ、物乞いのガキか」

こちらが返答するより先に笑顔を引っ込め、すぐにまた別の通行人に駆け寄って愛想を振りまき始めた。

「……ガキじゃない」

もう二十二――か、三になるのでとっくに成人している。レイという名前もある。とはいっても、他人から見れば粗末な格好をしたやせっぽっちの自分など物乞いの子ども同然に思えておかしくなかった。

実際、物乞いをしていた時期もあった。いまは繕いものの仕事をしているとはいえ、不定期なうえ、低賃金だ。花なんて買う金があるなら、パンを買う。現実はそのパンが買えず、小麦粉を自分で焼いてパンの代わりにするのが精いっぱいだが。

「そうだ。小麦粉、買って帰らなきゃ」

小銭を入れたポケットに手をやる。確かこの先に商店街があったはずと、重い足を動かして歩き始めたとき、前方から駆けてきた少年と肩がぶつかった。

「あ」

相手は十歳にも満たないような少年だというのに、ふらりとよろけたのは自分のほうで、そのまま尻もちをついてしまう。一瞬だけ立ち止まった少年はふいと顔を背けると、「パパ」と先に行く白いカンドゥーラ姿の男性の背中を追いかけていってしまった。

少年が急いでいるのは、父親がトラックの描かれた玩具の箱を小脇に抱えているからだろう。なにかの記念日なのか、それとも単にねだって買ってもらったのか、本来ほほ笑ましいはずの光景だが、父親の横でぴょんぴょん飛び跳ねる少年の姿を見ているといっそう疲労感が増したような気がして、自虐的な心地で周囲を見回した。

メイン通りから一本入った小路《こみち》を行き交う人々はみな、まともな身なりをしている。男性はカンドゥーラにクトゥラ、女性はアバヤ。西洋風にシャツとパンツ姿の人々も近年よく見かけるようになったのは、この十年あまりで観光客が倍増したためだった。

古くから原油産出国として名高いシナン王国は、現国王になって以来、観光事業が飛躍的に成長した。

紺碧の海と熱砂の国として世界じゅうから旅行者が集まってくるおかげで、首都イルハムには高いビルがそこここに建ち、瞬く星のごとく煌びやかでまるで御伽噺《おとぎばなし》さながらの華やかさだと聞く。

観光客にことさら人気なのは砂漠に建つ歴史的建造物と、ラクダの遊覧、水上タクシー、ナイトクラブ、カジノ。一日でアラビアンナイトの世界を満喫できるというのがその理由らしい。遊び尽くしたあとは現実社会に戻り、ホテルで高級ディナーを食し、ふかふかのベッドで眠るのだ、と。

それを聞いたときは、まさに別世界だと耳を疑った。が、首都から離れた郊外の街であるここ、ナビでも近年の好景気の波に乗って街は整備され、新しいショップやナイトクラブがいくつもできた。

砂漠を往復する際の通り道という地理的利便性のおかげでどの店も繁盛し、街は年がら年じゅう祭りさながらの賑わいを見せている。

「……俺には、関係ない話」

立ち上がり、尻を払ったレイはその足で細い路地に入っていくと、小麦粉を求めて昔からある商店街へ向かう。好景気の波は小売店にも押し寄せているらしく、どの店も以前より品揃《ぞろ》えが豊富になり、新鮮な野菜や果物が店頭に並んでいる。

それらを素通りしたレイは、小さな店のカウンターに座っている女店主に声をかけた。

「すみません。小麦粉を、これだけください」

ポケットから取り出した小銭をカウンターに置くと、年配の女店主はじろりと上目遣いでこちらを見てから、無言のまま腰を上げる。代金の分を量って紙袋に小麦粉を入れ、そっけなく手渡してきた。

「ありがとう、ございます」

すぐにでも店から出ていってほしいと言わんばかりの態度に従うつもりだったのに、それでは気がすまなかったようだ。

「あんた、もしかしてスハリさんのところに居候してるっていうオメガかい？」

女店主は、棘《とげ》のある口調で質問を投げかけてくる。他の買い物客に構わず声高に聞いてきたのは、故意なのかもしれない。その証拠に、浴びせられる好奇の視線に居たたまれなくなり、レイは身を縮めるしかなかった。

「あ……はい。スハリさんのところに、住まわせてもらってます」

はぐらかす余裕もなく頷《うなず》くや否《いな》や、はあ、と女店主はため息をついた。

「やっぱり。スハリさんねえ、知り合いの口利きだから置いてやってるけど、迷惑してるって言ってたよ。あんたらオメガは、アルファを捕まえることしか考えてないからね。風紀が乱れるんだ。他のお客さんが厭《いや》がるから、うちの店には来ないでほしいんだよね」

「そんな……っ」

反論しかけたレイは、女店主と買い物客の表情を前にして口を噤《つぐ》む。なにを言っても無駄だという頑《かたく》なさがひしひしと伝わってきた。

「あたしだって好きでこんなこと言ってるわけじゃないんだ。でもね、生まれて四、五十年この街に住んでるけど、あんたみたいなオメガを何人も見たよ。アルファを見かけると恥も外聞もなく色仕掛けで迫って、まったく、みっともないったらありゃしない。あわよくばアルファに囲われようなんて、恥知らずな下心が透けて見えてるんだ」

自身に苦い思い出でもあるのか、女主人の表情や口調にはオメガに対する侮蔑がこもっている。いや、口に出さないまでもほとんどの者が似たような考えを持っているだろう。

それも当然だ。中流階級である彼らとの差は歴然としている。身なりひとつをとっても一目でそのちがいは明らかだった。

いくら周囲が好景気に沸こうと、自分には無縁だ。手製のカンドゥーラはもう三年前にあまり布で作ったものなので、足首の上まであらわな状態になっている。

履物にしてもぼさぼさの髪にしても、街じゅうを見回したところで、自分みたいなみすぼらしい者は皆無だ。

誰もが——スハリ夫人も街へ出るときはおめかしをする。一張羅のアバヤを身に着けていたばかりか、一度など首元から鮮やかな赤のインナーを覗かせていて、街へ出かけるのだとすぐにわかった。

悪目立ちしていると自覚して、恥ずかしさでかあっと顔が熱くなる。俯《うつむ》いたレイは唇を噛み締めた。そうしないと、好きでオメガに生まれたわけじゃないと言い返してしまいそうだったのだ。

言い返したところでどうしようもない。それどころか事態が悪くなるとこれまでの経験で知っている。こういうときは黙って去るのが唯一の解決策だ。

最後に一礼して店を離れ、紙袋をぎゅっと胸に抱くと家路を急ぐ。誰とも接したくない、誰も自分を見てほしくない、と祈るような気持ちで。

頬を撫《な》でていく砂漠の国特有の乾いた風は、少しずつ築き上げてきた城を一瞬で崩してしまう……そんな虚《むな》しさすら自分には意味のないことに感じられた。

「いまさらなのに」

ナビの住人は、ほとんどがベータ、中流階級と言われる人間が占める。自分と同じオメガもいるにはいるが、そのほとんどは風俗街で働いている者たちで、それゆえ先ほどの女店主の言動にもなるのだが、彼らは住居があって食うに困らないという点で、いまの自分よりずっとマシな状況だと言える。

シナン王国全体でいうなら、ほんの二、三パーセント足らずという特権階級のアルファを除くと八十パーセント以上を占めるベータが、残りの十七パーセント近いオメガを見下す理由はいろいろある。

ひとつはベータが一般層と呼ばれ、社会の指針になっていること。アルファへの羨望《せんぼう》の裏返しとして、オメガとはちがうという優越感がそれには不可欠であるようだ。

もうひとつは、アルファの性衝動の対象がオメガであること。アルファにとってベータはあくまでベータ、それ以上でもそれ以下でもない。そのためアルファの身の回りの世話をする者はベータになるのだが——ベータがアルファと夫婦、恋人、愛人になるのは極めて稀《まれ》だった。

ほとんどの場合アルファ同士で婚姻する。そして、数人のオメガを囲う。

人間として穏便に暮らせるだけで十分だと思うが、それをよしとしていないベータはけっして少なくなかった。

しかも、オメガの中にも優劣はある。自分のように身寄りのないオメガは、どこの馬の骨とも知れないと見下され、まともな働き口を望んだところで門前払いに遭う。もし、ある日突然行方知れずになったとしても誰も問題にしない。つまり、階級社会から弾き出された存在なのだ。

「早く、帰らなきゃ」

ひとつ、ふたつと街灯が灯り始めている。安全な街であるはずのナビでも、夜は危険だ。スリや暴行、誘拐。犯罪はたいてい夜の闇にまぎれて行われる。

「おい」

足早に歩いていたレイは背後から腕を掴《つか》まれ、びくりと肩を跳ねさせた。恐る恐る振り返ると、見知らぬ男が不穏な半眼を投げかけてきた。

「おまえ、シャーディだろ？」

夕刻にもかかわらず男はすでに酔っているようで、赤い顔を近づけてくる。酒臭い息を吹きかけられて身を退《ひ》いたが、ひと回りも体格のいい男の力は強くて逃げることが敵《かな》わない。

「人違い、です」

ちがうと言っても男は聞く耳を持たず、ぐいぐいと腕を引いて裏路地へと入っていく。

「あの、本当にちがいます。俺はレイで、シャーディってひとは知らなくて」

「別に誰でもいいよ」

そう言うと、叩きつける勢いで壁に押しつけられた。いったいなにをしようというのか、震えるレイに男が恐ろしい台詞《せりふ》を口にする。

「客を捜してたんだろ？　俺が買ってやるよ。ほら、裾捲《まく》れ」

「え」

男は人違いをしたわけではなかった。自分の身なりを見て、貧しいオメガ相手にならなにをしても許されると判断したのだ。

「い、厭だ……っ。身体《からだ》なんて、売ってない！」

必死で逃げを打つ。

しかし、体格で勝る男は強引にことを進めようとする。

「嘘つけ。おまえらオメガはいったんヒートが起こったら、相手構わず股を開かなきゃおさまらねえくせに」

「やめろっ……俺は、ヒートなんて……ない」

「ヒートがない？　できそこないってか？」

「だから……離してっ」

「うるせえよ。こっちがもうおさまんねえんだ」

揉み合っていると、頬に熱が走った。地面に転がったレイは、殴られたせいだと気づく。

「小麦粉……」

反動で飛んでいった小麦粉の入った紙袋へ手を伸ばそうとしたが、足首を持たれて容赦なく引き摺《ず》られた。剥《む》きだしになった腹を地面に引っかかれて痛みに呻《うめ》くと、乱暴に下着を下ろされる。

「やだ！」

「うるせえ。じっとしてないと、また殴るぞ」

どうしてこんな目に遭わなくてはならないのか。ただ自分は早く家に帰りたかっただけだ。身よりのないオメガが街へ行ったから？　自分みたいな奴は街で買い物もしちゃいけなかった？

悔しさに血が滲《にじ》むほど唇に歯を立てる。なんとか逃げようと地面を掻《か》いてあがくが、男の力はあまりに強い。どれほど暴れようと意のままにされてしまう。

「離せ！　俺に触るなっ」

大声で叫んだ、直後。目の前に紙幣が二枚、落ちてくる。大金だ。これがあれば一週間分の小麦粉が買える。イーストも、ジャムも少しなら買えるかもしれない。

ごくりと、喉が鳴った。少しの間、なにも考えずに目を瞑《つむ》っていればいいだけだ。そうすれば、この紙幣は自分のものになる。

そう思った途端、レイは暴れるのをやめた。

「そのままおとなしくしてろよ」

荒い息を吐く男の手は吐き気を覚えるほどおぞましくても、もう抗《あらが》えない。これは犯罪だとか、一度やればきっと二度、三度とやってしまうだろうというのもわかっていたけれど、目の前の紙幣を拒むのは難しかった。

ぎゅっと目を閉じ、時間が過ぎるのを待つ。

ふと、自分の下半身をまさぐっていた男の手が離れた。それでもじっと這《は》いつくばっていたが、背後に男の気配がないことに気づき、閉じていた目をそっと開けた。

男はいない。紙幣もない。その理由は明白だった。

「立て！」

そう命じてきたのは黒ずくめの制服を身に着けた——衛兵だ。徽章《きしょう》を誇示し、冷ややかな視線で射貫いてきた衛兵に、レイは縮み上がる。

不定期に見回りがあると聞いてはいたが、出くわしたのはこれが初めてだ。

「聞こえないのか。いますぐ立て！」

衛兵に声高に命じられて、声も出ない。動揺しつつもなんとか立ち上がり、震える手で衣服を整える。

「貴様。ここで風紀を乱す行いをしていたな。市街地での売春は禁じられているのを知ってのことか」

「あ……俺」

「連行する。おとなしくしろ」

腕を掴まれ、血の気が引いていく。きっとろくに聴取もされずこのまま投獄されてしまうにちがいない。

「でも、お、俺は……」

その想像はレイを萎縮させるには十分だった。がたがたと身体が震えるばかりで、言い訳ひとつできない。

不安と恐怖で混乱して、酸欠になったかのように息苦しさばかりが募っていく。

恐怖心に思考や動きを奪われ、立ち尽くす以外できなかった。

「やめなさいよ。可哀想《かわいそう》に。怖がっているじゃないか」

その声は、前方からだった。薄暗い裏路地にもかかわらず、彼の周囲だけ一際輝いているように見えた。

「彼は僕と待ち合わせしていたんだが、なにか問題でもあった？」

純白のクトゥラにカンドゥーラ。背後に控えている側近たちと同じ衣服を身に着けていても、中央にいる彼だけは異彩を放っている。

特別な存在だ。

最敬礼で去っていった衛兵を見送ると、彼は自ら小麦粉の入った紙袋を拾い上げ、こちらへ差し出した。

「あ……りがと、ござい……」

視線を合わせることができず、俯いたまま受け取る。急に自分の粗末な格好や砂だらけの汚れた身体が恥ずかしくなり、反射的に後退《あとずさ》りしたレイに、ふっと彼が表情をやわらげた。

「怪しい者じゃないから怖がらなくていいよ」

それはそうだろう。彼を知らない者なんて、このシナン王国にはいない。いや、世界じゅうの誰もが彼の名前を知っているはずだ。

シナン王国現国王の長子、王位継承権を持つラシード・ビン・ハムダン・アル・マクトゥーム。

伝統を重んじる王室のなかにあって、ラシード王子はことさら自由奔放、階級性別にかかわらず交友関係が広く、あちこちで浮名を流しているというが、それは彼の容姿も無関係ではないだろう。ラシードの名前が広く知れ渡っているのは王族であると同時に、一瞬で目を奪われるほど恵まれた容姿のためだった。

はっきりとした目鼻立ちは完璧で、涼やかな目を細めてほほ笑まれると誰でも虜《とりこ》になる、ともっぱらの噂《うわさ》だ。

品があって、長身で、適度に遊び上手。プレイボーイという言葉は、たぶんラシードみたいなひとを言うのだ。ラシードが城を出て、ナビの郊外に屋敷を持ってからというもの、移住者が一気に増えたと聞いたがあながち大げさではないのだろう

「あれ？　きみ、どこかで会ったかな」

顔を覗《のぞ》き込まれて、どきりとする。すぐさまかぶりを振ると、ラシードはひょいと肩をすくめた。

「まあ、そうか。きみみたいな子と会っていたら、きっと憶《おぼ》えているな」

「…………」

再度頭を下げたレイは、踵《きびす》を返すや否や駆け出す。無礼な奴と思われたところでどうせ一瞬のこと、自分のことなどすぐに忘れて、王子様は華やかな世界を悠々と生きていくのだ。けっして手の届かない、雲の上の世界で。

紙袋を抱えてひたすら走る。ラシードから一刻も早く離れたかった。煌《きら》びやかな彼らを前にしてみすぼらしい自分がみじめになった、なんていまさら思ったところでしようがないのに。

自宅まで片道五キロの道程を駆けているうちに、景色が変わる。橋を渡るとそれは顕著になり、賑やかな街中とは打って変わって目の前には長閑《のどか》な田園風景が広がり、道行く人々もまばらになる。

すっかり日の落ちた田舎町に点在する石造りの住居の灯りは、街のそれと比べるとずいぶん淡いが、そのおかげで自分のような人間もまぎれて暮らすことができる。

どこからともなく漂ってきた夕飯のいい匂いに、ぐうと腹が鳴り、なおも小走りで先を急ぎながらレイは顔をしかめた。

昨日から拾ってきた野菜以外食べていないのだから、腹が減るのは当然だ。でも、いまは自分のことを考えている余裕はない。

やっと家に帰り着いたときには、咳《せ》き込むほど息が切れていた。慌てて逃げた自分をばかみたいだと思いつつ何度か深呼吸をしたあと、強張《こわば》った顔に無理やり明るい表情を貼りつけ、隙間だらけの木造の扉を開けた。

「ただいま」

昼間でも薄暗い納屋の中は、すでに真っ暗だ。

スハリ家の納屋を間借りして、半年。土間に藁《わら》を積み重ねたベッドのみでなにもない小さな納屋でも、野宿と比べれば雨風をしのげるだけありがたい。それまでの二年半世話になった支援施設は移転してしまったため、途方に暮れていたのだ。

「レイ！」

納屋の隅っこでしゃがんでいた子が自分の帰宅を知って立ち上がり、身体をぶつける勢いで駆け寄ってくる。

「ごめん。もっと早く帰るつもりだったんだけど」

小さな身体を抱き上げたレイは、愛《いと》しい子に頬ずりをした。

「暗いから怖かっただろ？　いま火を入れるな」

「だいじょぶ。バド、くらいの、へーき」

誇らしげに笑う幼子の姿には、申し訳ない気持ちになる。こんな台詞《せりふ》を言わせてしまっている自分はなんて腑甲斐《ふがい》ないのかと、自己嫌悪にも陥った。慣れているとはいえ、まだ三歳になったばかりの子が暗くなるまでひとりで留守番をして心細くならないはずはないのだ。

「そっか。バドゥルはえらいな」

繕いものを届けるために街へ行く際は、バドゥルに留守番を強いている。物心がついてきたバドゥルを街へ連れていくことを躊躇するのは、自分が他者から後ろ指を差されている場面を見せたくないというのが大きかった。

そしてなにより、バドゥルに同じ思いをさせたくなかった。

「ちょっと待っててね」

バドゥルを抱いたまま、ランプに火を灯す。

ぼんやりとした明かりに、バドゥルの愛らしい顔が浮かび上がった。

「わ〜、みえたぁ」

黒髪に黒い目の自分とはちがう、淡い色の瞳と少しだけカールした髪。両手で抱き着いてくるバドゥルの屈託のなさに、今日は少し胸がざわめく。

「お腹すいただろ？」

「うん。バド、おなかぺこぺこなの〜」

「じゃあ、パン作ろう」

買ってきたばかりの小麦粉をバドゥルに見せる。

「やった！」

パン、パンとバドゥルは連呼して喜ぶが、実際作れるのはベーグルもどきだ。残り少ないイーストを少しずつ使っているため、三歳児の歯には硬すぎる代物になる。

それでもバドゥルが喜んでくれるので、レイはさっそくパン作りに取り掛かった。小麦粉を甕《かめ》に貯めた水で溶き、よく練って丸める。生地を寝かせる間にバドゥルと一緒に小石で作った手製のおはじきで一緒に遊んだ。

「これはね、ひとつで、これでふたつだよ」

小石をバドゥルが数える。

「みっちゅ……みっつ、ならべたの」

「わあ、すごい。お利口さんだ」

小さな頭に手をのせ、撫でると、バドゥルの口許が誇らしげに綻《ほころ》んだ。

三歳児といえば、本来外を駆け回って遊ぶ年頃だ。それなのに、一日の大半を納屋で過ごさせている自分は、なんてひどい親だろう。しかも、暗くなるまで一人ぼっちにさせたのは今日が初めてではない。

繕いものの仕事や職探しのため、先週からもう三日、長い時間置いてけぼりにしてしまっているのだ。

「……ごめんな」

屈託のない表情を見せているバドゥルをふたたび胸に抱き寄せる。

「レイ、なんであやまるの？　わるくない。レイ、いいこよ」

さっき自分がやったように頭を撫でられ、胸がいっぱいになる。

そうだ。落ち込んでいる場合ではない。この子をなんとしても守るために強くならなければ。その気持ちを強くした。

ぐう、とバドゥルの腹の虫が鳴る。

「バドゥル、お腹すいちゃったよね」

「うん」

「じゃあ、もう茹《ゆ》でちゃおうか」

「ゆでちゃおう！」

ぴょんぴょんと飛び跳ねる様はほほ笑ましい。一方で、やはり悠長に構えている場合ではないと実感する。ベーグルを喜んで食べるバドゥルが小柄なのは、やはり圧倒的に栄養が足りてないからだろう。

このままでいいはずがない。バドゥルにまともな食事を与えるにはどうすればいいのか。なによりそれが先決だった。

木切れで火をおこし、湯を沸かす。そこに形を整えたパンだねを入れ、茹で上がるのを待った。

「火の傍《そば》に寄ったら駄目だよ。離れて待ってて」

「わかってる。まだかな～」

「ま〜だだよ〜」

「まだかな〜」

「もう少し」

声をかけ合っているうちにベーグルが出来上がる。火を消したあと、一口サイズにちぎって、ふーふーと息を吹きかけてからバドゥルに渡した。

「ちょっとだけ蜂蜜が残ってるから、少しずつつけて食べな」

瓶に残った蜂蜜はあと二匙《さじ》ほどだ。皿に出してバドゥルの前に置くと、まるで街でぶつかった少年みたいに丸い瞳が輝く。

「あまくておいしいなあ」

「よかった。ほら、いっぱい食べな」

明日は塩味だけのベーグルを食べさせることになる。そうならないためにはすぐに現金が必要だが——職探しは難航している。先週、チラシ配りの仕事を得る寸前までいったが、才も学も親もない子持ちのオメガと知ると、途端に先方は手のひらを返した。

いっそ盗みをするか、それとも身体を売るかと考えてみたものの、衛兵に捕まりそうになったときの恐怖を思い出すと実行に移せそうになかった。

もし自分が捕まってしまったら、たちまちバドゥルは飢えてしまう。そんなリスク、どうして犯せるだろう。

「レイのぶん」

バドゥルが蜂蜜をつけたベーグルを小さな手で差し出してきた。

「レイ、お腹すいてないんだ。バドゥルが食べて」

バドゥルから受け取ったベーグルを、可愛《かわい》い口に放り込む。

自分はまだ大丈夫。それより一口でも多くバドゥルに食べさせたいと、いまはそのことで頭はいっぱいだ。

小さな歯で一生懸命噛む様子を見ると、よくここまで育ってくれたとしみじみ思う。子どもというのはすごい。満足な食事を与えていなくても、頬は丸く、バラ色でやわらかだ。生き生きとして、生命力にあふれている。

この命を守るためならなんでもできると、その気持ちに嘘はなかった。

現状を嘆いたところでなにも変わらない。それよりバドゥルがこの先ひとりで生きていけるようになるまで自分がすべきことはなんなのか、それを考えることのほうが大切だ。

南にはオメガのための地区、タルハがあるらしい。そこではみなが助け合い、衛兵に捕まる心配もなければオメガだからと見下されることもない、と聞く。

なにより重要なのは、子どもと一緒に暮らせる点だった。地区の特質上、片親の子も多く、親にもしものことがあっても施設で面倒を見てくれる、まさに楽園とも思える場所だともっぱらの噂だ。

事実なら、いますぐにでも目指したい。が、一歩踏み出せないのは、半信半疑だからにほかならなかった。

本当にそんな地区が存在するのだろうか。もしあるのならもっと明確な情報が耳に入っていいはずだし、オメガはみなそこへ行って暮らすのではないか。それとなく情報を集めているもののいまだはっきりしたことはわからない。

南へ旅立てばいま以上に困窮する場合も考えられる。そうなったときに困るのは、親以上に子どもだ。

今日、衛兵に捕まりかけて身に染みた。これまでより警戒心を持たなくてはいけない、と。

そして、万が一自分になにかあった際の準備が必要だというのも。

「……捕まらなくて、よかった」

幼子を前にしてその思いを強くすると同時に、救ってくれたひとの顔を脳裏によみがえらせる。

ラシード王子。

彼は忘れているようだが、会うのは二度目だ。そのときも、今日と同じ台詞を口にしてほほ笑みかけてきた。

――どこかで会わなかったか？　いや、きみのような子と会っていたら憶えているな。

きっと皆に言っているにちがいない。ラシードに親しげに声をかけられたなら、誰でもその気になるはずだ。

自由奔放、あるいは博愛主義者という噂はそのとおりで、ラシードはいつも多くの側近を引き連れている。もとより側近、取り巻きはアルファばかりで、それ以外の者は遠くから眺めるしかなかないが、そのときの自分はみなに追い詰められ、財布を返せと衣服を脱がされそうになっていた。

――どうかしたの？

ラシードが声をかけてくれなかったなら、きっとあのまま衆人環視のなか裸にされただろう。野次馬たちは面白がって囃《はや》し立てていたのだから。

ラシードはちがった。

――寄ってたかって責められて、震えてるじゃないか。可哀想に。

たとえ単なる憐みであっても、ちゃんとこちらの話に耳を傾けて、肝心の盗んだ財布がどこにもない以上濡れ衣だと明言してくれた。

あのとき、自分がどれほど安堵したか、嬉しかったか。きっとラシードにはわからないだろう。

そして、今日も、だ。偶然ラシードが来てくれなかったなら、あのまま衛兵に連れていかれるはめになっていた。

いや、今日の場合は完全な偶然とは言わないのかもしれない。ラシードがたまにあの近くにあるナイトクラブに足を運んでいることは周知の事実で、自分ももちろん知っていた。

その証拠に、男に襲われたとき、一瞬ラシードの顔が頭をよぎらなかったといえば嘘になる。また助けてほしい、そんな仄《ほの》かな期待を抱いて。

「……なにを、ばかなことを」

バドゥルの頭を撫でつつ、小さくかぶりを振る。

二度助けてもらったから、なんだというのだ。ラシードが自分のことなんか憶えていないのは当然だし、そもそも住む世界がちがう。たとえわずかでも心を弾ませること自体、どうかしている。

そんな暇があるなら、少しでも多く金を稼いでバドゥルに栄養のあるものをお腹いっぱい食べさせることを考えなければ。

それだけが親としての自分の務めで、喜びでもあるのだ。

翌朝。目覚めたときからバドゥルの機嫌が悪く、背中を擦《さす》りながらレイは困惑する。甕《かめ》から柄杓《ひしゃく》ですくった水を飲み、バドゥルにもそれを与えてなんとか宥《なだ》めようと背中をとんとんと叩いてみるが、いっこうに直りそうにない。

「すぐに戻ってくるから、ちょっとだけ留守番してて」

普段は聞き分けのいいバドゥルには、衣服を掴んでしがみついてくるなどめずらしいことだった。

「すぐじゃないもん」

いやいやと首を振るバドゥルの言葉に、なにも言えなくなる。

確かにそのとおりだ。日頃からバドゥルには寂しい思いをさせている。まだ三歳の子にひとりで留守番させる罪悪感は常にあり、普段どれだけ我慢しているだろうと思うと、とても振り切って出かけることなどできるはずがなかった。

今日は職探しをあきらめ、少しだけ残った昨日のベーグルでやりすごそうと決める。

蜂蜜はもう食べきってしまったが、しようがない。

「じゃあ今日はレイ、どこにも行かないで、お外の草取りをしようかな」

そう言うと、バドゥルの顔が綻んだ。

「やったぁ」

嬉しそうに手を叩く姿に胸が痛むと同時に焦りも湧くが、笑顔ではぐらかす。

「バド、おてつだいする」

「じゃあ、お願いしようかなあ」

ふたりで納屋から出ると、眩《まぶ》しさに目を瞬かせた。昼間でも薄暗い納屋とはちがい、外は明るく、陽光が降り注いでくる。

うだるような夏が終わり、比較的穏やかな季節になってきたとはいえ、日中は三十度近く気温が上がるので草取りをするなら朝早いいまの時間に限られる。草取りはせめて見苦しくないようにという理由とは別に、大家に対するせめてものアピールでもあった。

今日はバドゥルが一緒にいるので、日陰に入って草取りをする。半分遊びになってしまうのは仕方のないことで、レイにしても愉《たの》しみながら少しずつ進めていたのだが。

「ちょっといいかい？」

頭上からの声に、しゃがんだ姿勢のまま視線を上げる。

「あ」

慌てて立ち上がったレイは、大家であるスハリ夫人を前にして姿勢を正した。

「こんにちは。スハリさん。置いていただいて、すごく助かってます」

緊張しつつ礼を言うと、スハリ夫人が腰に手を当て口を開いた。

「そんなおべっか、無駄だからね。今月の家賃、早く払ってくれないかい」

吐き捨てるような口調の言葉に、反射的に砂遊びをしているバドゥルへ視線を落とす。バドゥルには聞かせたくない話だ。

「あの、あとで、ちょっと待っていただけないかとお願いにいくつもりでした」

バドゥルがいないところでと言外に告げ、すみませんと謝罪する。だが、スハリ夫人には通用しない。

「あとであとでって、先月だって遅れただろ？　子どもの小遣いみたいな家賃で置いてやってるのに、なにを考えているんだろうね。恩知らずにもほどがあるわ」

スハリ夫人の言い分はもっともだ。家賃の支払いが滞るような者を置くメリットはひとつもない。

「すぐに払えないんなら、出ていってもらうよ」

容赦のない一言に、レイは狼狽《ろうばい》する。

子どもの小遣い程度であっても自分には大金であるのは確かで、いま放り出されてしまったら、自分はまだしもバドゥルまで路頭に迷うはめになる。

「すみません。近々必ずお支払いしますので……すみません」

だが、何度頼もうと、スハリ夫人は不機嫌な顔のままだ。

追い出されたらどうしよう。子連れのホームレスなんて、暴漢の格好の餌食だ。震えながら頭を下げ続けていると。

「レイ、いいこ」

いきなり立ち上がったバドゥルが、スハリ夫人の前へ出た。

「レイのこと、いじめちゃだめ」

両手を広げるその小さな背中はなんて頼もしいのだろう。三歳の子に守られているという自身の腑甲斐なさはさておき、逞《たくま》しく育ってくれたと頬が緩む。

「バドゥル。俺は大丈夫。いじめられてるわけじゃないから」

バドゥルの腰に手を回し、引き寄せる。ぎゅっと抱いてぬくもりを感じているうちに、こんな自分でも力が湧くようだった。

「スハリさん、必ず二、三日のうちには持っていきますので——本当にすみません」

もう一度頼み込むと、三歳児に反撃されたことにたじろいだのか、スハリ夫人は渋々ながら承知してくれた。

渋々とはいえ見ず知らずの人間を納屋にすまわせるくらいなので、根はいいひとなのだ。

「必ず二、三日のうちだからね。それを過ぎたら、今度こそ出ていってもらうから」

その一言を最後に、スハリ夫人は去っていく。日光に当たったせいか満足に食べていないせいか、それとも緊張しすぎたせいなのか、ほっとした途端に眩暈《めまい》がしてきて、バドゥルの手を引いて納屋へ足を向けた。

「レイ！」

スハリ夫人と入れ替わりにやってきたのはザハル、彼女のひとり息子だった。二十歳になったばかりのザハルは大学生で、オメガを見下さないばかりか自分たちを気にかけてくれる、優しい青年だ。

内面が顔にも表れていて、穏やかな顔立ちをしているザハルにはなにかと助けられていた。

「ザハルは、いま帰り？」

「ああ。それよりどうしたの？　体調悪い？」

気遣いの言葉に、大丈夫と返す。

「草取りしてて、急に立ったのが悪かったみたい」

単なる立ち眩《くら》みだと言っても心配そうな表情は変わらない。そればかりか、肩掛けの鞄から
オレンジとバナナの入った袋を取り出した。

「レイは細すぎるんだよ。ほら、中に入って、これ食べて」

「……ザハル」

正直なところ喉から手が出るほど欲しい。浅ましくも口中に唾液が溜《た》まる。

「でも……この前も蜂蜜もらったのに」

ザハルも気づいただろう。恥ずかしさで頬を熱くしつつそう返したレイに、素知らぬ顔をしてくれたばかりか、ザハルは笑みを浮かべた。

「俺がバイト先でもらったものだから、レイにお裾分け。遠慮しないで」

実際にもらいものなのかどうかわからない。先日の蜂蜜は、紙袋の中にレシートが一緒に入っていた。

が、辞退するには目の前にあるフルーツはあまりに魅力的で、自分にとっては手の届かない高級品だった。

「あ……ありがとう」

結局、礼を言って両手でそっと受け取る。紙袋から伝わってくるフルーツの冷たさが手のひらに心地よく、いつ腹が鳴らないかと心配になるほどだった。

「わ、なにそれ。たべられるの？」

初めて目にするフルーツに興味津々のバドゥルを抱き上げたザハルが、そうだよと答える。

「甘くておいしいよ」

途端にバドゥルの瞳が輝き、わあ、と声を上げてはしゃぎ始めた。

紙袋の中を懸命に覗き込もうとするバドゥルに、ザハルは目を細める。

「じゃあ、おうちで食べようか」

「うん！」

ザハルが納屋の中へ入ってからと言った理由は、自分にもわかっていた。

母親である、スハリ夫人を気にしているのだ。当然のことながら、スハリ夫人は一人息子と自分たちが親しくするのを快く思っていない。「うちの子がお人よしだからって勘違いされると困る」と、面と向かってこぼされたこともある。

もちろん勘違いするほど図々しくはないつもりだ。スハリ夫人が自慢の息子だと言うようにザハルはいいひとで、家賃が遅れがちになる自分たちを追い出さないよう口添えもしてくれていると聞く。

「あの……ありがとう。ザハルのおかげで、本当に助かってる」

納屋に入ると、さっそく皮を剥いたバナナを一口バドゥルに食べさせた。バドゥルはますます昂奮して、おいしいね、おいしいねとくり返している。

「いいって。お裾分けは普通のことだろ？」

ザハルの気遣いにはありがたいと思うと同時に、そうじゃない、と自身の恥部に爪を立てられたような感覚にも陥った。

お裾分けが普通なのは、ザハルがそういうふうに育ったからだ。自分の生きてきた環境はちがう。お裾分けどころか、気を抜くとたちまち根こそぎ奪われてしまう。

うっかり気を許して、痛い目に遭ったことも一度や二度ではない。

どんなに優しく見える相手であっても油断してはいけない、とは二十余年の人生で自分が学んできたことだ。

「むしろ俺は、レイには申し訳なく思ってるんだ」

「え」

思いがけない言葉を聞いて、ザハルを凝視する。ザハルは、まるでいたずらを咎められた子どものようなそぶりで気まずそうに目を伏せた。

「こんなところにレイとバドゥルを住まわせて。うちには部屋が空いてるのに」

この一言は、レイを驚かせるには十分だった。俄《にわ》かには信じられないし、もし本気だというなら——不安から頬が引き攣《つ》った。

「なに……言ってるんだよ。置いてもらえるだけでありがたいのに」

スハリ夫人の耳に入れば、息子に悪影響だからと今度こそ追い出される。それがなにより怖かった。

「いくらなんでもここはひどいよ。家具ひとつないばかりか、電気すら通ってないなんて」

ザハルは納屋の中を見回し、表情を曇らせる。

「それに」

「平気だから」

レイはザハルの言葉をさえぎり、ことさら軽い口調で先を続けた。

「本来なら路頭に迷っているところだったんだから、スハリさんには感謝してもしきれない。本当に助かってるんだ。あと、ザハルも……ありがとう」

視線をバドゥルへ向ける。バドゥルはしゃがんでバナナを一本食べきったあと、指についた果肉まで舐《な》めている。

「俺、このあと用事があるから」

暗にもう家に帰ったほうがいいと告げる。ザハルはなおもなにか言いたげな顔をしたが、そうだなの一言で去っていった。

帰り際、悔しそうに唇を噛んだのはどういう理由からか。自分にはわからないが、このままここに置いてもらうことがもっとも大事なので、あえて触れずに見送った。

「バド、もうちょっとたべたいの」

物欲しげな目をオレンジに向けるバドゥルの前に座ったレイは、ふっくらとした頬を指でつんと小突いた。

「じゃあ、少しお留守番できる？　そしたら、オレンジ剥いてあげる」

「できる！」

今朝はあんなに愚図《ぐず》っていたのに、食欲には正直だ。もっともフルーツなんて贅沢《ぜいたく》な食べ物を前にすれば当然だろう。

あらためてザハルに感謝しつつオレンジを剥き、半分をさらに三つにカットするとお皿にのせてバドゥルの前に置く。

「わあ。わあ。きらきら」

すぐには食べずに嬉しそうな声を上げる姿をほほ笑ましく思いつつ半分は明日の分としてしまい、残った皮をこっそり口に放り込んだ。

「……甘い」

最後にオレンジを食べたのがいつだったのか、もう思い出せない。たぶん何年も前、店先に並んでいるものを盗《と》ったときで、何日もなにも食べていなかった空っぽの胃に甘さが染み渡ったのを憶えている。

盗んだという罪悪感よりも口に入れたときの喜びのほうが勝った自分に、情けなさと申し訳なさで泣きながら食べたのだ。

「じゃあ、レイは出かけてくるね。お外に出ちゃ駄目だよ」

約束、と手を掲げる。オレンジに伸ばそうとしていた小さな手をバドゥルはこちらにやり、

「やくそく」

手のひらを合わせて頷いた。

納屋を出たその足で街へと向かう。本音を言えば家の近くで仕事をもらえればいいが、以前、スハリ夫人に職探しを見咎《とが》められたので、今はやらないようにしている。

——みっともないからやめて！　ご近所を歩けなくなるじゃないの！

意味を理解するのに数秒を要した。自分が恥ずかしい存在だとわかりきった事実に気づいたあとは、謝るしかなかった。

その後、街で繕いものの仕事を見つけた。でも、それだけでは食べていけないため、なんとか一定の収入を得るためには、安定した働き口がどうしても必要だった。

店頭の張り紙を中心にチェックしていくものの、やはりそう簡単にはいきそうにない。募集の張り紙がしてあるのは大抵ショップやカフェと、接客中心の仕事になる。

接客業では門前払いされるのは目に見えているので、清掃でも梱包でも裏方の仕事がないかと探したのだが——。

見た目がみすぼらしく、保証人のいない自分はやはりどこも難しかった。こんな調子では、

いたずらに日を費やすばかりでいつまでたっても仕事なんか見つからない。ため息をこぼしたときだった。

「……え」

前方からやってくる集団が視界に入る。ラシードと側近だ。どれほどの人混みであっても、ラシードが周囲にまぎれることはなく、すぐに目につく。

即座に回れ右をしようとしたレイだが、どういうわけか彼のほうからこちらへ歩み寄ってきた。

「やあ、また会ったね」

まるで親しい間柄でもあるかのような気軽さで声をかけられ、反射的に左右を見たところ、くすりと彼が笑った。

「二度目の偶然——と言いたいところだが、じつはきみを捜していた」

「……………」

目の前に立たれてなお、自分に話しかけられているとは思えない。黙って立ち尽くしてしまうと、ラシードが膝を折って顔を覗き込んできた。

「僕のこと、忘れちゃったかな」

「…………」

忘れるわけがない。忘れられたらどんなにいいか。

思わずかぶりを振ったレイに、ラシードの笑みが深くなる。

「いま話ができる？　時間はある？」

無言で頷く。これでは挙動不審も同然だ。

なにか話さなければと思うのに、まったく言葉が浮かばない。ラシードのヘイゼルの瞳に見つめられて、身の置き場にも困るような有様だ。

「……少し、なら」

なんで断らなかったんだ。ない、と一言言えばすむことなのに。

早くも後悔するが、訂正するにはなにもかも遅すぎた。うっかりラシードと目が合ってしまってはどうにもならなかった。

「きみ、職探しをしているんだろう？　もし困っているなら仕事の紹介と、希望があれば住居も用意するが、どう？」

「え」

助かる、という以前に、どうしてと疑念が湧く。もしかして、初めて会った日のことを思い出したのか。

どきりと心臓が跳ね、ラシードに視線で問う。が、彼の返答は、失望するには十分だった。

「僕がなんと言われていたか、知っているだろう？　放蕩息子、遊び人、自由奔放。実際そのとおりだった。数年前までは」

淡い期待を抱いただけに、なおさらだ。ようするに、遊びには飽きたから、今後はセレブらしくボランティアに勤しもうと方針変更したらしい。

「この街でも、きみのように困っている子はけっして少なくない。僕ができるのは、少しでも助けになることだ」

おそらくラシードは本気なのだろう。やわらかな瞳に見つめられるが、一度冷えてしまった胸はもうぬくもりを取り戻さない。手足の指まで冷たさが広がっていく。

「必要ないです」

確かにラシードの申し出は、いまの自分にはありがたいものだ。すぐにでも飛びつきたい。半面、ラシードの施しだけはどうしても受けたくないと思ってしまう。

たとえくだらない意地であろうと。

それ以前に、ラシードと係わることがいいか悪いか、思案するまでもなかった。

「しかし、きみ職を探しているんだろう？」

自分の提案に飛びついてくると予想していたのか、ラシードが怪訝《けげん》そうに首を傾げる。本気で困惑しているその様子には、心中で苦笑するしかなかった。

本当になにも憶えていないんだな、と。

それだけ自分は取るに足らない存在だと現実を突きつけられた心地がした。当然だ、そんなのは初めからわかっていた。

職探しはそのとおりでも自分でなんとかします、と明言するつもりで口を開いたレイは、直後、思わぬ姿を見つけてそちらに意識を向けた。

「バドゥル……！」

ザハルが抱いているのは、バドゥルだ。

名前を呼んで駆け寄ると、ザハルは強張っていた表情をわずかにやわらげた。

「会えてよかった。バドゥルが、熱があるみたいなんだ」

「……っ」

その言葉どおり、ザハルに抱かれているバドゥルの頬は赤い。

「レイ」

名前を呼んで、こちらに伸ばしてくる両手も心なしか弱々しかった。そういえば、とレイは数時間前のことを思い出す。

今日はやけにぐずって離れようとしなかった。オレンジを与えて家を出てきたが……きっと朝から体調が悪かったのだろう。

「ごめんね、バドゥル」

ぎゅっと胸に抱き寄せる。

「レイ。ぼく、らいじょうぶ」

こんなときでも笑顔を見せるバドゥルを前にして、落ち込まずにはいられなかった。子どもの体調に気づかないなんて、親失格と言われてもしようがない。

「きみ、子どもがいるのか」

驚きのこもった声で問うてきたのは、ラシードだ。

黙っていると、

「もしかして、彼が父親？」

ザハルに視線を向け、的外れな質問をしてくる。

今度も黙って聞き流せばいい。そうしたところでラシードは気にも留めないはずだ。などと思いながらも、

「……そうです」

気づけば肯定していた。

「――レイ」

優しいザハルは訂正することも、嘘だと責めることもせずに肩に手をのせてきた。そして、

「バドゥルを病院に連れていこう」

心配そうな表情のまま、ラシードに一礼すると先を促してくる。ラシードの反応を気にしつつも頷いたレイは、ザハルの背中を追うために足を踏み出した。

「あ、あの……ザハル。俺、手持ちがなくて」

恥を忍んで正直に言う。具合の悪い子どもを病院にも連れていけないのかと、侮蔑されるのは承知のうえだった。

「レイ」

ザハルはかぶりを振る。

「もちろん俺が払う。レイは、気にしないで」

「でも」

それでなくとも日頃からよくしてもらっているのに、これ以上世話になるのは申し訳ない。普段なら即座にそう言って辞退するところだが、今日ばかりは躊躇《ためら》われる。バドゥルの身になにかあったらと思うだけで背筋が凍り、冷静ではいられなかった。

「……ごめん。ありがとう」

「困っているときはお互い様だろ？」

当然だと言わんばかりのザハルの言葉にはとても同意できなかったが、いまは一刻も早く病院に行きたかったので黙って先を急いだ。

「お父さんはこちらの問診票に記入をお願いします。お母さん、息子さんの体温を測ってください ね」

ふたりで連れていったせいで看護師が勘違いしたときも、正す余裕はなかった。ザハルも特になにも言わなかったため、誤解されたままだったが、幸いにも病院は混んでいなかったためすぐに診てもらうことができた。

結局バドゥルは風邪と診断され、薬をもらって帰路につく。眠ったバドゥルを胸に抱き、ザハルと並んで歩く道すがら、あらためて頭を下げた。

「本当になんてお礼を言ったらいいかわからない。ザハルのおかげで助かった。診察代と薬代はきっと返す。あとバス代も」

自分にとっては眩暈がするほどの大金だ。日々の食事にも困っている現状で返済するとなると、方法は限られる。

「レイ」

足を止めたザハルが、こちらへ顔を向けた。その面差しは真剣そのもので、なにを言われるのだろうかと戸惑いに身構えると。

「俺、バドゥルの父親になってもいい」

「……父親？」

すぐにはその意味がわからず、ザハルをじっと見つめる。するとザハルは気まずそうに、鼻の頭を掻いた。

「俺はきみたちのことを誰より知ってるだろ？　俺はアルファじゃないけど、バドゥルときみの面倒くらい見られる」

「そんな、冗談……」

ようやくザハルが言わんとしていることを理解したものの、鵜呑みにできるはずがない。仮にザハルにそのつもりがあるとしても、彼の両親はもとより、親族友人知人、みなが反対するに決まっている。

確かに、ベータとオメガのカップルは、耳にしないわけではない。身近で聞かないのは、うまくヒートを薬でコントロールしてバレずにいるだけとも考えられる。

もしそうなれば、バドゥルにお腹いっぱい食べさせてやれる。ベッドで眠らせることもできる。病気になれば、今日みたいに病院にも連れていける。

ありとあらゆる打算が脳裏を駆け巡り、レイは返答に詰まった。

「俺」

なんて、浅ましいのか。貧困のせいで心根まで貧しい奴になってしまっている。これまでよくしてくれたザハルを、たとえ一瞬でも巻き込もうとするなんて。

「自分の面倒は、自分でみられるから」

この言い草もひどいと自己嫌悪に陥りつつ、辞退する。

「けど……」

ザハルはなおも話を続けようとしたが、

「レイ……レイ」

腕の中でバドゥルが譫言《うわごと》をこぼしつつ、ぐずりだしたおかげで有耶無耶《うやむや》になった。気まずい空気のなか、バスに乗って帰路につく。ひとりであれば歩ける距離でも、バドゥルが一緒にいる以上他に選択肢はなかった。

バスの中では終始無言だったザハルは、バスを降りるや否や足早に家へ帰っていったが、それも当然だろう。

いままでよくしてもらったぶん申し訳ない気持ちになったものの呼び止めるわけにはいかず、心細さからバドゥルをいっそう抱き寄せた。

バドゥルだけが支えだ。バドゥルが大人になった姿を見たい。その思いがいまの自分を動かしている。

「バドゥル」

病気なのに藁のベッドに寝かせてごめん。具合が悪いのに留守番させてごめん。こんな親で、ごめんね。

謝りたいことはたくさんあるけれど、

「早く元気になって」

いまはそれだけをひたすら祈り、レイはバドゥルに寄り添ってまんじりともせず長い時間寝顔を見つめていた。

2

次の日になっても熱は下がらず、昨日もらった薬すら嫌って飲もうとしないバドゥルにオレンジを潰して与えたものの、レイははらはらして見守る以外なにもできなかった。

こういうとき、頼れる相手がいない自身の境遇を痛感させられる。

もうザハルにはなにも言えない。

「なんで、下がらないのかな」

心細さから、バドゥルの前でつい泣き言をこぼしてしまう。納屋の中でバドゥルを抱いて歩き回ってもむずがったり、泣きべそをかいたりするばかりなので、仕方なく外へ出ることにした。

「バドゥル、お外に出て、ピクニックしよう」

バナナを見せ、ポケットに入れる。

「ぴくに？」

バナナと外というワードに、やっとバドゥルが笑顔を見せた。

「ぴくに、する」

納屋の外へ出ると表情にもやっと落ち着きが出る。それはレイ自身も同じで、青空と乾いた風に触れて幾分気分が変わった。

「レイ、とりさん」

空へ向かって、バドゥルが小さな手を伸ばした。

「大きい鳥さんだね。鷹かな」

翼を広げ、低空飛行で旋回している鳥へレイも目をやる。悠々と大空を飛ぶ姿には、羨望さえ抱いた。

「鳥さんはいいね。どこへでも行ける」

「とーくにも？」

「うん。遠くにも」

「りょこう」

バドゥルの口から旅行という言葉が出てくるとは思わず、

「旅行？」

問い返したところその理由はすぐに判明した。

「うん。ザハルのおばさんが、かぞくでりょこうにいくって」

近隣住人とスハリ夫人の立ち話でも耳にしたのだろう。どことなくバドゥルの声音が上擦っている聞こえるのは、きっと熱のせいばかりではない。

家族で旅行という未知の言葉への好奇心だ。そう思ったのはどうやら正しかったらしく、バドゥルが次に発した一言には息を呑んだ。

「バドには、りょこう、むりなんだって。かぞくもおかねもないから。ねえ、レイ。なんでバドには、かぞくもおかねもないの？」

「……っ」

かっと頭に血が上る。

家賃を滞納している自分に怒っているのだとしても、子ども相手に言う言葉ではない。あんまりだ。

スハリ夫人へ、怒りが湧く。

「レイ、なきそう？　なんで？　バドのせい？」

だが、バドゥルの不安そうな瞳に覗き込まれて、ぐっと堪《こら》える。

「泣きそうじゃないよ！　バドゥルとお散歩して、レイは楽しい」

「バドも！」

込み上げてくる感情を抑え、懸命に笑みを作った。

もちろん重々わかっている。自分にはスハリ夫人に怒りをぶつける資格すらないことくらい。

スハリ夫人の機嫌を損ねてしまえば、すぐにでも追い出されてしまう立場でなにが言えるというのだ。

それでも、スハリ夫人のやったことはとても許せなかった。

言いたいことがあるなら、自分に言えばいい。年端もいかない子にぶつけるなんて、いくらなんでもひどすぎる。

「…………」

いや、なにもかも自分のせいか。そもそも自分がこんなふうだからバドゥルにつらい思いをさせてしまっているのは確かだ。

「わあ。レイ、もひとつとりさん！」

「本当だ」

ふたりで仰ぎ見る空は青く、真っ白な雲は目に眩しいほどだというのに、日々心は荒《すさ》んでいく。バドゥルだけは絶対に守ると誓った、あの日のことすら、間違いだったのではという気がしてくる。

バドゥルは宝物だ。でも、自分ではその宝物を輝かせるどころか、くすませていくばかりになる。このまま自分が傍にいて、果たしてバドゥルはまっとうな大人になれるだろうか。

考えれば考えるほど不安になり、二人連れの女性が通りの向こうからこちらを見ていることもそれに拍車をかけた。

陰口なら慣れている。でも、今日はやけにあからさまだ。取り越し苦労ならいいが——と思った途端、それは現実になった。

「あんた！　ちょっと待ちな！」

響き渡った声に背後を振り返ると、視界にスハリ夫人の姿が飛び込んでくる。遠目にもスハリ夫人の剣幕がわかり、レイはその場で待つしかなかった。

「あの……家賃でしたら」

バドゥルが風邪をひいているせいで街へ出られないと、事情を伝えようとしたが、その前に噛みつく勢いで捲し立てられる。

「あんたを置いてやってから、うちはさんざんだよ！　恥ずかしいっ。いますぐ出ていっておくれ！」

「……スハリ、夫人」

言い訳をする余地も与えられない。それほどスハリ夫人の怒りは大きい。

「アミルさんが、街であんたとうちのザハルが一緒のところを見たんだよ。オメガには羞恥心ってものがないのかい？　人前で、うちのザハルを誑《たぶら》かすなんて……その子がうちのザハルの子じゃないかって噂まで立ってしまって……ああ、恥ずかしい！　よくも恩を仇で返すような真似をしてくれたもんだね」

どうやら昨日の出来事を見ていた者がいて、スハリ夫人の耳に入れたようだ。看護師にもザハルを父親だと勘違いされたのだから、疑う人間がいてもしようがない。

もしかしたらそのあと、ザハルから面倒を見ると言われた場面も見られていた可能性もあるのだ。

「あの、でも、バドゥルが熱を出してて……」

出ていくにしてもなんとか数日待ってほしいと懇願したものの、スハリ夫人は聞く耳を持とうとしない。差し迫った形相で、出て行けとくり返す。

「あんたの顔なんて二度と見たくない！　またうちの敷地に入ったら、警察を呼ぶからね！」

怒鳴り散らしたあとは、まるで穢《きたな》いものでも見るような目で睨みつけてきてから踵を返した。

そして、来たときと同じように足早に去っていった。

「レイ……おこられた」

半べそでしがみついてくるバドゥルを宥めながら、どうしたらいいのかわからず茫然と立ち尽くす。

とうとう恐れていた日がやってきた。住処《すみか》を失って、今日からどうやって生きていけばいいのだ。

しかも、バドゥルは熱があるのに。

「……んで俺、こんなんだろ」

六、七歳のときに母親に捨てられてから、ずっとひとりだった。確かに盗みもやったが、そうしなければ生きていけなかったのだ。

バドゥルが生まれてからは、我が子の成長を支えに頑張ってきたけれど、きっと子どもを育てようとすること自体無謀だったのだろう。素性の知れないひとりぼっちのオメガが子どもを持とうなんて考えてはいけなかった。

項垂《うなだ》れ、血の味がするほど唇を噛んだレイだが、髪に小さな手が触れてきたのがわかって顔を上げた。

「レイ、いいこよ」

バドゥルの小さな手が、何度も髪を撫でてくる。

「……バドゥル」

熱があるにもかかわらず、腑甲斐ない親を励まそうとして、にこにこと笑顔で「いいこ、いいこ」とくり返す。

「らいじょぶよ、レイ」

バドゥルの言うとおりだ。いくら嘆いたところでどうにもならないのだから、自分がしっかりしなければ。

気弱になっている場合ではない。

――きみ、職探しをしているんだろう？　もし困っているなら仕事の紹介と、希望があれば住居も用意するが、どう？

頭の隅にこびりついていた、ラシードの言葉を思い出す。こうなった以上、感情は二の次にして、ラシードにすがるべきだ。

ラシードの屋敷の場所は、誰もが知っている。成人してまもなく城を出たラシード王子は、起業すると同時に豪奢な屋敷で独り暮らしを始めた。

街まで五キロ。

ラシードの屋敷はそこからさらに五キロほど先の王室所有の広い敷地内にあると聞く。

「バドゥル。ちょっと遠くまで足を延ばそうか」

バナナはもう少しあとにとっておくことにして、そう声をかけたレイは足を踏み出す。ぐずぐずと考えていると、ラシードを頼りたくない理由ばかりを数えてしまいそうだった。

「レイ。バドもあるくよ」

途中で何度かバドゥルがそう言ってきたのは、子どもなりに息が上がっている自分を案じてのことだ。

「大丈夫。こう見えて、レイは強いから」

他者を思いやれる優しい子に育ってくれた。そのことが嬉しくて、重くなった腕や足に力が戻る。

「お腹すいた？」

ぐうと可愛い腹の虫が耳に届き、いったん道路脇で休憩がてらポケットからバナナを取り出し、皮を半分剥いてからバドゥルに渡す。

バドゥルは真剣な顔でバナナをふたつに割ると、一方をこちらへ差し出してきた。

「レイのぶん」

と言って。

「レイはいいよ。お腹すいてない」

「すいてなくても、いっぱいあるいてるからたべないとらめ。レイのぶん」

眉間に皺まで寄せてバナナを分け与えようとするバドゥルの気遣いをむげにできるはずもなく、

「ありがとう」

ふたりで一緒に食べた。

ことのほかおいしく感じたのは、空腹だったからではない。

「おいしいね」

笑顔のバドゥルに大きく頷いたレイは、思わず小さな身体をぎゅっと抱き寄せていた。

この子を守るためなら、意地なんて喜んで捨ててやる。足にすがりついてもいい。そう心に決めて。

バナナを食べ終わってすぐ、ふたたび歩き始める。橋を渡ると、長閑《のどか》な景色は一変して徐々に鮮やかな街並みへと変わっていった。人々の往来も多くなり、半ば無意識のうちに衛兵の制服に注意を払いつつ先を急いだ。

あと半分。

腕の中のバドゥルはいつしか眠ってしまっている。非力な自分には小柄なバドゥルの重みもこたえ、腕が痺れてくるが、気にしている余裕はなかった。

賑やかな街中を過ぎると、緑の多い、美しい風景が広がる。街から先へ足を踏み出したことはなかったので、自分にとっては初めての場所だ。

まっすぐ伸びる道には、等間隔の街路樹。ナビの樹木といえばナツメヤシが一般的だが、それとはちがい、緑に混じって赤い葉もあっていっそう華やかに見える。

進むにつれ、往来するひとも減っていく。代わりに見るからに高級な車が目につき、不安感が募っていく。場違いであるのはいまさらだが、自分のような人間が歩いていて通報されたりしないだろうかと、それが心配だった。

先に行くには覚悟が必要だったものの、バドゥルの肌はまだ熱く、引き返すという選択肢はなかった。

腕の感覚がなくなってきた頃、横道へと促す看板が目に入る。その看板には「これより私有地」とあり、王族の紋章、獅子が記されていた。

すでに思考はストップしていて、頭にあるのは、ラシードと会うことだけだった。なんの躊躇《ためら》いもなく横道へ入っていってまもなく、門衛のいるゲートが目の前に現れた。

近づいていくと、門衛所から男がふたり出てきて、こちらへ駆け寄ってくる。ふたりは怖い衛兵たちと似た制服を身に着けているばかりか、いつでも撃てるように肩にかけた自動小銃に手を添えている。

彼らはこちらを見ると、怪訝な表情になった。

「駄目駄目。ここから先は入れないよ。引き返して」

どうやら物乞いの子どもだと勘違いされたらしい。レイは、大きく一度深呼吸すると、その名前を口にした。

「ラシード王子に……用があって」

だが、こういう事態には慣れているのか、門衛はまるで相手にしてくれない。

「いますぐ去れ。じゃないと、不法侵入で捕まえるぞ」

きっと脅しではないのだろう。百も承知で食い下がる。あっさり引き返すくらいなら、具合の悪い子を連れてこんなところへ来ようなんて思わなかった。

「あの、ラシード王子が、働き口と住居の世話をしてくれるって言ってくれたので」

「だから、帰れって言ってるだろ」

言い終わる前に言葉を打ち消す勢いで否定されたばかりか、うんざりした様子で自動小銃を突きつけるアクションまでして見せられる。自分のように押しかけてくる者が後を絶たないと、これだけでも察せられた。

「でも、子どもの具合が悪くて……食べ物もないし、家も追い出されて」

こんなことを並べたところで、門衛を説得できる可能性は低い。わかっていても、そうするしかなかった。

「ラシード王子に、伝えてもらえませんか。俺、ここで待ってます」

懸命に訴えるレイに、門衛の態度は一貫している。

「噂を聞いて、おまえみたいな物乞いがよく来るんだ。勘違いするなよ。ラシード王子は会わない。王子は貧しい者に手を差し伸べられても、屋敷に通すことはないんだ」

「……っ」

わずかな望みを無残に砕かれ、落胆するには十分だった。まともな思考は吹き飛び、頭のなかが真っ白になってバドゥルのことしか考えられなくなる。

「ラシード王子に会うまで帰りません！　俺……じゃなく、この子を助けてほしいと伝えてください」

必死に食い下がる。

目を覚ましたバドゥルが怯えてしがみついてくることにも後押しされ、レイは強引に進もうとした。

「このガキ！　しつこい！」

しかし、ついに自動小銃を構えた門衛に銃口を向けられる。反射的にバドゥルを抱え込み、背中を向けたレイは、真っ白なカンドゥーラを認識して視線を上げた。

「きみ、大丈夫？」

「あ」

そこにいたのは、ラシードのすぐ下の弟で、王太子――ファイサル・ビン・ハムダン・アル・マクトゥームだ。

王族は総じて美麗との評判にたがわず、間近で目にしたファイサルもまたラシードに負けず劣らずの美丈夫で、品のある仕種で小首を傾げた。

「子どもの具合が悪いの？　可哀想に」

どうやらちょうどラシードの屋敷を訪ねてきたところのようだ。すぐ後ろには大きな黒い車が停まり、その横にはボディーガードらしき屈強な男もいる。

我に返ったレイはなにも言えず、ただ頷くだけで精一杯だった。

「レイ……」

身体を丸めていたバドゥルが、胸元から顔を上げる。

「だれ？」

バドゥルの問いはどうやらファイサルに向けられたもののようだが、当人が応じてくれるとは思いもしなかった。

「私は、ファイサルだよ。綺麗なおめめをしてるね。名前は？」

「バド。あのね、まんげつっていみなんだよ」

「そう。可愛いお名前だ。おいで」

驚いたことにファイサルが両手を差し出す。もともと物怖じしない性格のバドゥルは、華やかなファイサルの見た目に好奇心を覗かせ、自ら彼の腕をとった。

門衛はもはや口出ししない。できるはずもない。

「いい子だから、ラシードに会わせてあげるよ」

半信半疑でレイはファイサルに詰め寄る。

「本当ですか？　本当にラシード王子に会わせてくれますか？」

降って湧いた幸運を逃すわけにはいかなかった。

「こんなことで嘘は言わない。車に乗って」

背後の車を示したファイサルに戸惑ったのは一瞬で、促されるまま後部座席に身を入れる。

車内は想像していたより広く、ゆったりとしていたが、急に息苦しさに襲われたのは当然と言えば当然だった。

これからラシードに会う。その事実は、覚悟していた以上に自分にとって重要だ。

「わあ。すごい。うごいてる」

動き始めた車の中で、窓に顔をくっつけたバドゥルが無邪気な声を上げる。

門をくぐり、自然に囲まれた私道を走っていく間、レイ自身は身体が震えるほどに緊張していた。

ファイサルは黙して座ったままだ。話しかけようにも話題も勇気もないため、じっとしている以外にない。機嫌を損ねて、やっぱり気が変わったと言われるのがなにより怖かった。

きらきらと輝く噴水を中心に緑豊かな前庭を走り抜け、屋敷のアプローチで停車する。

先に降りたファイサルのあとからバドゥルとともに自分も外に出ると、なおさらどうしていいかわからなくなって棒立ちになってしまう。

「兄さんは？」

出迎えの使用人にファイサルが問うたが、どうやらラシードは外出中らしい。

「なら、私は適当に待つから、医者を呼んでその子を診てもらって。あときみは——」

使用人に指示を出したファイサルの目が、こちらへ向いた。かと思うと、彼は意味ありげな笑みを浮かべた。

「私につき合って」

「え……あ、でも」

腕の中のバドゥルを見る。傍についていたいと言外に告げたが、ファイサルは笑顔を見せつつ有無を言わさない口調で続けた。

「バドは、肝が据わった性格のようだから大丈夫でしょ。ね、バド」

大丈夫という言葉に気をよくしたのか、バドゥルも大きく頷く。

「うん。バド、だいじょぶ」

となれば、自分はファイサルに従うほかない。ラシードに会う前に追い出されては、ここまで来たことがすべて無になる。

「……じゃあ、あとで」

不承不承、バドゥルを使用人に預ける。

「うん。ばいばい、レイ」

赤い頬で手を振ったバドゥルが使用人と離れていく姿を見つめていたレイに、ファイサルが小さく噴き出した。

「きみのほうが不安そうだ」

この一言には、かっと頭に血が上る。羞恥心と、わずかな反感が込み上げた。

自分とバドゥルがどうやって生きてきたか、なにも知らないくせに、と。

不安なのはその通りだし、親として頼りないことは厭というほど自覚している。それでもバドゥルの行く末を案じるのも、自分にとっては日常、当たり前のことなのだ。ここへ来たのもやむにやまれずで、できるなら頼りたくなかった。

「気を悪くしたならごめんね」

顔に出てしまったのか、ファイサルが謝ってくる。唇を引き結んだレイは、まさかの謝罪にたじろぎ、目を伏せるしかなかった。

「ここで立ち話をするわけにもいかないから、部屋でお茶でもどう？」

だが、ファイサルの誘いにはぎょっとし、勢いよく首を横に振る。ラシードを待つという目的は同じでも同席するなど——悪い冗談としか思えなかった。

「俺は……ここで待ってます」

万華鏡の中を思わせる幾何学模様の高い天井、緻密な織りの絨毯《じゅうたん》。広々とした玄関ホールはあまりに豪奢で、ただでさえ身の置き場に困っているのだ。足元は美しい一枚の石。見たこともない調度品。壁には両手を広げたサイズよりも大きな夜の砂漠の風景画。

自身のみすぼらしさを意識すると、よくファイサルは屋敷へ入れてくれたものだと不思議になるほどだ。

物乞い、不審者と判断されて追い払われても仕方のない状況にあった。実際、門衛にはそうされる寸前だったのだから。

「あの……ありがとうございます。あなたがいなかったら、どうなっていたか」

感謝を込めて礼を言うと、ファイサルが形のいい唇を綻ばせた。

「きみひとりだったら追い返していたけどね」

当然だ。見知らぬ子どもを屋敷に招き入れたあげく医者を呼んでくれた、その事実ひとつでファイサルが公正なひとだとわかる。

「ああ、いまきみ、私のことをいいひとだって思ってるでしょう？　でも、それは間違い。兄が力になるって言ったならしょうがない、それだけだから」

「それでも、です」

理由なんて自分にはどうでもいい。自分の話をまともに聞いてくれただけで十分だ。そういう意味だったが、ファイサルの双眸に微かな好奇心が浮かんだのがわかった。

「意外だな」

顎に手を当てたあと、

「そりゃそうか。こんなところまでやってくるんだ」

ファイサルがそう呟いた。

図々しいと言いたいのか。問い返したかったけれど、それどころではなくなった。

「どうやらお待ちかねの相手が帰ってきたようだよ」

ファイサルのその一言に息を詰めたのと、玄関の扉が開いたのはほぼ同時だった。

「――きみ」

自分を見たラシードの目が大きく見開かれる。困惑されるか、それとも迷惑だと一蹴されるか。考えるととても正面から向き合えず、レイは視線を落としたまま口を開いた。

「働き口、と住むところを紹介してくださるって言われたので」

声が震えそうになるのは致し方がない。一度突っぱねておいて、いまさらのこのこやってくるなど厚顔な奴と嫌悪される可能性も十分あるのだ。

「いまバドゥルが、息子が熱を出してて、外で寝かせられないので馬小屋でも納屋でも……どこでもいいんです。どうか、お願いします」

ラシードの返答を聞く前に自分から捲し立てる勢いで言い訳を重ねるのは、やはり拒絶されるのが怖いからだろう。なんとか頼み込もうとさらに詰め寄ろうとしたレイだが、そうするまでもなかった。

「頼ってくれて嬉しいよ」

ラシードはあくまで紳士的で、すぐに受け入れられる。あまりにスムーズで、頼んだこちらが面食らうほどだ。

「それで、きみの子は？」

「あ、ファイサル王子が医者を呼んでくださって、いま診てもらってます」

と、説明したちょうどそのタイミングで、バドゥルが使用人に連れられて戻ってきた。

「レイ！」

ぱたぱたと音を立てて、駆け寄ってくる。思っていたより元気そうで安心しつつ、ぶつかるように抱き着いてきたバドゥルを抱き上げた。

「バド、いいこだったよ。なかなかった」

誇らしげな報告に、自然に頬が緩む。それとともに居たたまれなさもいくぶん緩和し、レイは我が子を褒めた。

「すごいな、バドゥル。レイ、びっくりした」

「バド、つよい？」

「うん。すごく強い子」

それでも額に手をやるとまだ熱い。早くよくなることだけを願って、額をくっつけた。

「扁桃腺が腫れているそうなので、抗炎症薬が出ています」

使用人はその説明だけで、一礼の後、離れていく。ありがとうございますと背中に声をかけてから、再度ラシードへ向き直った。

今度はちゃんと顔を上げて。

「働き口と住居、お願いしていいですか？」

自分にしてみれば、最終手段も同然だ。もしラシードが難色を示せば、親子ふたり路頭に迷うはめになる。自分が頼れるのはもうラシードしかいない。

「なんでもします。どんな仕事でも頑張りますから」

藁にもすがる思いで懇願すると、一瞬、ラシードが怪訝な表情になった。あまりにがつがつしすぎたか。だが、遠慮している場合ではなかった。

「バドも、なんでもするよ」

まさかバドゥルに援護されるとは。

レイは驚いたが、どうやらこれは効果があったらしい。たちまちラシードが口許を綻ばせる。

「もちろん仕事は紹介するし、住居の面倒もみるつもりだから安心していい。それより、とにかく今日は休んでくれ。きっとその子は――バドゥルは心細い思いをしただろう」

ラシードの返答には身体から力が抜けそうになるほど安堵した。それとともにバドゥルへの気遣いが嬉しくて、感情を抑えるのに苦労する。

「バドゥル。きみはいい子だな」

さらにはバドゥルの髪に触れ、優しい手で撫でてつつ笑いかけてくれたばかりか、

「おいで」

両手を差し伸べたのだ。

人見知りをしないバドゥルは喜んでラシードの腕に抱かれる。

「バド、まだちいさいの」

「そうだな。だが、きっとこれから大きくなる」

「うん。これからおおきくなるよ。それでね、レイをまもるの」

穏やかなふたりを前にして、レイは平静ではいられない。自分にとっては、憧れ、あきらめていた夢のような光景だ。

込み上げてくる情動を懸命に堪えるレイに、この後、ラシードは思いもよらなかった言葉を

投げかけてきた。

「いま部屋を用意させる。きみは——レイ、バスルームへ案内しよう」

「……え」

素直に従えるわけがない。ここへ来たのは他の手立てが絶たれたからであって、仕事や住居を紹介してもらいたい、それだけだ。

押しかけたという負い目もあって、辞退する。しかし、ラシードにはそう言うだけの理由があった。

「きみが清潔にすることも、バドゥルのためになる」

つまりは、不衛生だと言いたいのだろう。これについては一言の弁明もできない。何日かに一度身体を拭いたり川で洗ったりしているとはいえ、最後にシャワーを使ったのはもう何ヶ月も前だ。

恥ずかしさで、かあっと頬が熱くなる。

ラシードにバドゥルを任せ、使用人のあとについていく間も羞恥心から顔を上げられなかった。

「こちらに着替えを用意しておきます」

そう言って使用人が去っていくと、レイはひとり脱衣場に取り残される。言うまでもなく自分の知っているものとはまるで別物で、立派な洗面台に籐のチェアやテーブル、色とりどりの小瓶や真っ白なタオルの並んだチェスト等に囲まれて、気後れせずにいるほうが難しかった。

隅っこで衣服を脱いだレイは、それをどこへ置いていいのかと迷い、結局丸めて壁際に押しやる。恐る恐る扉を開けたところ、バスルームも負けず劣らず豪奢《ごうしゃ》な造りになっていた。

「…………」

全面ガラス張りのなか、淡いブルーのタイルにバスタブは海の中を想像させる。バスタブにたっぷり張られた湯も淡いブルーで、いい香りがして、まさに御伽噺《おとぎばなし》の中にでも入り込んだかのごとき心地になる。

とても落ち着ける状況にはなく、身を縮めたまま身体と髪を洗うと、バスタブには入らずシャワーで泡を流してものの五分で切り上げた。

「……これ、着替えだって言ってたよな」

用意されている下着を身に着けたレイは自分のものとは似ても似つかない、手触りのいい、清潔なカンドゥーラに身を包む。不衛生と言われるわけだと、またしても羞恥心を覚えつつバスルームをあとにすると、もといた場所へと急いだ。

が、屋敷が広すぎて、迷ってしまう。右を見ても左を見ても初めて通る廊下に思えて、なんとかしようと歩き回ったものの、結局一歩も動けなくなった。

気が焦るばかりで青くなって行ったり来たりしていると、

「レイ」

ラシードが向こうからやってきた。

「濡れた髪のまま、なにをやっているんだ」

どうやら様子を見に来てくれたらしい――が、屋敷の中で迷った動揺もあって、ラシードの叱咤《しった》に過剰反応してしまう。

「ちゃんと道筋を憶えてなかったから……ごめんなさい」

また迷惑をかけた。本意ではないからこそ、いっそう顔から火が出る思いを味わう。自分のせいでラシードによけいな手間をかけさせているのは事実なのだ。

面倒になって追い出されてしまったら、元も子もなくなる。

「叱ったわけじゃない」

ため息交じりでそう言われても、到底安堵はできず、びくびくと様子を窺《うかが》うのをやめられなかった。

「ついてきて」

ラシードが先に立って歩きだす。その背中を追いかけるとなぜか脱衣所に戻ることになる。

「そこへ座って」

鏡の前に座るよう促されてそのとおりにしたところ、あろうことかラシードは洗いっぱなしだった髪に風を当て始める。

「じ、自分で」

いい香りのジェルもつけられて慌てて立ち上がろうとしたレイだが、じっとしてと命じられてはどうすることもできなかった。

「きみまで体調を崩してしまったら、バドゥルが可哀想だろう？　きみは、あまりに細くて、すぐに折れてしまいそうだ」

「…………」

ラシードの言うとおりだ。

が、素直に受け止めようにも、早く髪から手を離してほしいという気持ちのほうが大きくて、否応《いやおう》なく身体が硬くなる。

唇を引き結んだままの自分にきっとラシードは呆れただろう。そう思うと、鏡越しであろうと目を合わせる勇気なんてなかった。

「さあ、これでいい」

「……ありが……ございます」

それだけ口にするのが精一杯の自分にあくまで紳士的な態度で接してくれるため、なおさらだ。

「バドゥルが待っているだろう。部屋に案内しよう」

なにからなにまで――これほどありがたいことはない。もしラシードが受け入れてくれず野宿をするはめになっていれば確実にバドゥルの体調は悪化しただろうし、危険な目にも遭う可能性だって大いにある。

いくら意地を張ったところで自分にはできないことのほうが多いのだ。

「すみません」

ふたたび数歩あとからラシードについていく。ラシードに案内されたのは馬小屋――どころか屋敷内の一室だ。ターコイズブルーを基調にした絨毯が敷かれ、高い天井には宝石を散りばめたようなシャンデリア。いまは壁際のルームライトのみついているが、灯りを灯したシャンデリアはさぞ美しいだろう。

あまりに贅沢な部屋に気後れし、後退った。

「こんな……」

自分たちにはふさわしくないと喉まで出た言葉を呑み込んだのは、天蓋付きのふかふかなベッドで眠るバドゥルを見たからだ。

「よく眠ってるな」

ラシードの言うように、バドゥルはまだ頬こそ赤いものの幸せそうな表情で寝息を立てている。誰にも邪魔されず、身体も痛くならない場所に心から安心しているのが伝わってきた。

「きみもゆっくり眠るといい」

気遣いの言葉を最後に部屋を出くラシードを、レイは咄嗟に呼び止めた。

「ラシード王子。この恩は一生かかっても返します」

自分になにができるのかはわからない。でも、いまの気持ちに嘘はなかった。

ラシードがほほ笑む。

「きみが僕を頼ってくれて、よかった」

そして、そんな一言を最後に部屋の扉を閉めた。

ひとりになるとようやく緊張を解き、バドゥルの隣に身を横たえる。雲の上にいるかと錯覚するほど寝心地のいいベッドに驚く一方で、神経が昂《たかぶ》っていて、とても眠れそうにはなかった。

「…………」

眠れるはずがない。自分がラシードの屋敷にいること自体、本来ならあり得ないのだ。

自由奔放なラシード王子。どこの馬の骨か知れない自分なんかを屋敷に入れて、盗みでもされたらどうするつもりなのか。

優しくて、誰より憎らしいひと。

「……俺のことなんか、思い出しもしない」

四年前のあの日、なんの接点もない自分たちが出会ったのはいったいなんの悪戯《いたずら》だったのだろうといつも考える。

暗い部屋にうっすらと浮かび上がるシャンデリアを見つめつつ、レイは知らず識《し》らず過去に思いを馳《は》せていた。

いつものように仕事を求めて街をうろついてみたが、やはり無駄足になった。二日間、水しか飲んでいないため踏ん張りもきかず、すぐにへたり込んでしまう。

路地に座り込んでいると、どこからともなく漂ってきた香ばしい匂いに鼻をくすぐられ、ぐうと腹が音を立てる。

なんでもいいから、雑草ではなくてまともなものが食べたい。頭の中は食べ物のことでいっぱいだ。

目の前を通っていった子どもが手にしているパンが視界に入る。ごくりと喉を鳴らしたレイは、香ばしい匂いが近くのベーカリーからのものだと気づいた。

「……パン」

欠片《かけら》でもいい。

落ちていないかと期待して腰を上げ、ふらふらとベーカリーへ足を進めた。

だが、当然店の前にパンは落ちていない。パンくずひとつない。なのに、失望に肩を落とした自分の目の前には、たくさんのおいしそうなパンが並んでいる。

店頭の籠に入っているバゲットから目をそらせなくなった。長いあのバゲットがひとつあれば一週間、いや、十日は困らないだろう。

そう思うと他のことが考えられなくなり、気づいたらバゲットに手を伸ばしていた。掴んだ瞬間に店員が声を上げた。

「泥棒！　誰か、捕まえて！」

見張っていたにちがいないタイミングに青褪《ざ》めたレイは、その場で硬直してしまった。

「ご、ごめんなさい……どうか、見逃して、くださいっ」

必死で謝罪するが、バゲットを取り上げた店員は、冷ややかな目を向けてきた。

「もう警察を呼んだから。あなた、常習犯でしょ」

「ちが……っ」

いや、ちがわない。これまでに盗みをしたことは一度ならずある。観光客の忘れ物を売ったこともあるし、誰かが落とした小銭を拾ったり、店頭のオレンジをポケットに入れたりもした。生きていくためという言い訳のもと、そういう行為をおそらく両手くらいはしてきたのだ。

「盗みだって」

徐々に野次馬が集まってくる。

「やだ、ひどい格好」

「あの子、前に見かけたことある。ほら、ホームレスのオメガでしょ」

不快感を表す者、嘲笑する者、冷めている者。反応はそれぞれだが、みなが自分を見下しているのが伝わってきて、恥ずかしさで背中を丸める。

みじめだ。

逃げ出したいのに、震えるばかりで動けなくなったことが滑稽なのか、誰かが「服の中にも隠してるかもしれないぞ」と声を上げた。

その先は予想したとおりになる。

「そこで財布を盗られたひとがいたわ」

「きっとそいつが犯人だ」

裸になれ、服を脱がせろと野次馬たちは面白がって囃《はや》し立て始める。このままでは衆人環視のなか裸にされてしまう。

そんなときだった。

「どうかしたの？」

どこからか、やわらかな声が投げかけられた。その声には、他のひととはちがって悪意はまったくなく、あたたかみすらあった。

戸惑い、目線を上げたレイの視界に真っ白なカンドゥーラが入る。さらに上へ目をやると、驚くほど端整な顔があり、やわらかなヘイゼルの瞳が自分を見下ろしていた。

「震えてるじゃないか。可哀想に。ほら、おいで」

差し出された手は大きく、長い指や形のいい爪に見惚《みと》れつつ自分も震えながら手を出そうとする。が、かさかさで傷だらけの汚れた手を自認した瞬間、即座に引っ込めていた。

「王子……まさか、この泥棒とお知り合いですか」

そうだ。目の前にいるのは、王子だ。

分け隔てなく一般人にも接してくれると評判の、自由奔放なラシード王子。

でも、なぜここに？

半信半疑で彼――ラシードを見つめていると、形のいい唇が綻んだ。

「そう。知り合い。ほら、迷子になったら駄目だろ？　僕の子猫」

汚れた顎に躊躇なく触れてきたラシードは、次には店員へ向かって明言する。

「この子が財布を盗んだって？　なにかの間違いだよ」

「え、いや……」

王子に異を唱えられる者などいるわけがない。店主はまるでいままでの出来事などなかったかのようにラシードに媚び始める。それは、野次馬たちにしても同じだ。

これまで面白半分に薄汚い泥棒へ向けられていた携帯カメラは、一斉にラシードに向かう。なかには直接話しかけ、アピールしだす者までいた。

笑顔で彼らを躱したラシードは、今度は強引に自分の手を掴んだ。

「さあ、行こう」

と、言って。

そのせいで逃げ出すタイミングを逸してしまい、レイはラシードのあとについていくしかなくなった。

「あ、あの、手を」

だが、最初の衝撃から我に返ると、妙な心地になる。いったいこれはどうなっているんだろうとか、目の前を歩いている王子は本物だろうか、とか。

それも致し方のないことだった。

ラシード王子は著名で、世界じゅうに顔が知られているとはいえ、自分には遠い存在だ。最近はナビの街中でよく姿を見るとは耳にしていたものの、まさか自分が遭遇し、いまこうなっているとは――疑心が芽生えてもしようがない。

「ああ、驚かせたね」

やわらかな瞳にたがわず、優しい声でそう言ったラシードは立ち止まり、こちらを振り向いた。

「きみが困っているみたいだったから、ついお節介をしてしまった」

気まぐれでもなんでもいい。おかげで助かったのは事実だ。

「あ……ありが……」

ちゃんと礼を言わなければと思うのに、うまく言葉にならない。なぜなら間近で接したラシードがあまりに親しげな笑みを浮かべるからだ。

これまでこんなふうに笑いかけてくるひとなんて、ひとりもいなかった。自分を見るとみなが好奇、もしくは同情、あるいは侮蔑の目を向けてきて、そういう状況に慣れているため警戒せずにはいられない。

「お礼なんていい。でも、気をつけないと。きみみたいな可愛い子がふらふらしていたら、娼館に売られてしまうよ」

だが、ラシードのこの一言に反感が込み上げてくる。

善意だというのはわかってる。でもそれは、自身が恵まれ、食べるものに困った経験が一度もない人間だからこその善意だ。

「可愛い子？　俺が？」

こんな煤《すす》けたガキが？　と口調に卑下を滲ませる。それを察したらしいラシードは、膝を折って目線を合わせたあと、笑みを深くした。

「そう。きみが可愛い子」

俺みたいな奴にそんなこと言ったらどんな勘違いをされるか、なにも知らないくせに。

腹の中で責めつつ、レイは繋《つな》いだ手に力を込めた。

「だったら、俺を一晩買ってくれますか？」

どうしてこんなことを口走ってしまったのか、自分でもよくわからない。どうせ断るくせにと思ったのか、いずれ物みたいに奪われるならいっそ王子相手がいいと打算が働いたのか、投げやりな気持ちになっていたのか。

少なくともラシードはこの展開を予想していなかったようで、一瞬驚きに目を瞬かせると、ふっと意味ありげに唇の端を吊り上げた。

「きみ、ヒート中……じゃないよな」

くんと鼻を鳴らしたラシードがそう聞いてくる。

そのとおりだった。それどころか、思春期を過ぎてもヒートがどんなものなのかも知らないできそこないだ。とは言わず、

「買ってくれるか、くれないか決めてください」

フェアではないと承知でラシードに返答を迫った。

内心では震えるほど緊張している。一方で、どうか断らないでほしいと祈るような心地にもなっていた。

「子どもには興味がないんだ」

レイはラシードの双眸を見返し、二十歳、と答える。実際は二十歳にはまだ一、二年足りないが、いま、そんなのは些末《さまつ》なことだ。

自分が必死になっている理由はさておき、ラシードに買ってほしいと本気で願っているのだから。どうしてかなんて自分でもよくわからない。

「そう。でも違法だって知ってる?」

もちろん知っている。街での売春、買春行為はどんな理由があろうと禁じられている。風俗街で働くオメガが多いのはそのためだ。

「駄目ですか」

質問への答えのつもりでそう答えると、ラシードがひょいと肩をすくめた。その間も断られ

ることに怯えていたレイだが、幸か不幸か杞憂だった。

「ついておいで」

取り巻きたちをその場に残し、ラシードが歩きだす。繋がれたままの手を意識しながら、いまさらながらに自分の大胆さに身体が震え始めた。

なんて真似をしたのだろう。

世の中の多くの人たちと同じように、降って湧いたチャンスを逃したくないと思っているのかもしれないと自己分析する。

これまでなにもいいことなんてなかったけれど、自分を哀れんだ神様からのたった一度の贈り物かもしれない、そんなことまで考えながら。

たとえ乱暴に扱われようと、ラシード王子と過ごした一夜は自分の人生において輝かしい思い出になるはずだ。

「…………」

なんて浅ましい。

自分に嫌気が差したレイは、直後、足を止めた。

「俺……」

やっぱり帰りますと、こんなときでも品を失わない背中に伝えるつもりで口を開いた。しかし、肩越しにラシードの目に見つめられて、声が喉に引っかかってなにも言えなくなる。

「知り合いのやっているホテルが、すぐそこだから」

「…………」

ホテルに向かっているなんて予想だにしていなかった。てっきりそのへんの物陰ですませるとばかり思っていた。

いや、王子がそんな真似をするはずがない。

こういう部分でも、自分はいやしい人間だと悟るには十分だった。そもそも自分なんかと一夜を過ごしたところで、王子にはなんのメリットもないうえ、不愉快にさせてしまう可能性だってある。

「やっぱり俺、できません」

逃れたい一心で顔を背け、身を退く。

「俺なんかとじゃ、きっとつまらないでしょうし」

王子のため、と匂わせつつ、実際は自分自身のためだ。これ以上ラシードに醜態をさらしたくないと、いまさらそんなことを思う。

「駄目」

ラシードは繋いだ手を自身のほうへ引くと、もう一方の手を腰へ回してきた。

「もう遅いよ。今夜はきみと過ごすと決めた。きみのことをとても気に入ったから。言っておくけど、声をかけられて応じたのは初めてだよ」

「……王子」

やわらかな笑みで、自分に向かって投げかけられる甘い声。

どうやって固辞すればいいというのだろう。たとえラシードの言葉が嘘だとしても自分はできないし、唇に歯を立ててやり過ごすのがやっとだ。

「そういえば、名前を聞いてなかった」

これには、咄嗟《とっさ》にアタと嘘の名前を小さな声で告げる。アタは、子どもの頃に作り出した架空の友だちの名前だ。

「アタか。きみによく似合いの可愛い名前だ」

名前を呼ばれただけで、顔どころか、身体じゅうが熱くなった。繋いだ手のひらが汗ばんできたことが気になって離そうとしたけれど、逆にぎゅっと強く握られてしまってはどうすることもできない。

「もうすぐ着くよ」

歩を進めるラシードにおぼつかない足でついていくしかなかった。

ラシードが言ったとおりまもなく到着した。知り合いのホテルというので豪奢な建物を想像していたが、ナビの繁華街に溶け込んだ、一見アンティークなアパートメントにも思える外観だった。

ホテル内も同じで、オレンジ色の灯りのなかにいるのはフロントに立つ受付の男性のみで、彼と二、三言会話しただけでラシードはそこを離れ、奥のエレベーターへと向かった。

なんとかついていくが、ふわふわとして、まるで実感が湧かない。頭の中もどこかぼんやりとしていて、夢でも見ているのではないかと、そんな気がしていた。

あのラシード王子とふたりきりでホテルに来ているのだ。現実味がないのは当然だろう。

エレベーターを降りて部屋の中へ入ってからも、レイはなにも話せなかったし、なにを話すべきなのかもわかっていなかった。

ただやたらうるさく感じていたのは、自分の鼓動のせいだったと気づく。息苦しいほど速く、激しい鼓動はまるで耳の傍で脈打っているようだ。

室内もレトロな雰囲気だ。洒落《しゃれ》た壁紙、テーブル、ドレッサー。そして、ベッド。

ドアの近くで立ち尽くしたレイに、ラシードはまるで自宅のように振る舞う。

「なにか飲む？」

ラシードはこういう関係に――一夜限りのアバンチュールに慣れているようだ。終始落ち着いていて、自分とのちがいにいっそうの緊張を誘われる。

あれほど空腹だったのに、いまやそれすら二の次になっていた。

「いりません」

やっとそう答えたが、すぐに首を横に振った。

「やっぱり水をください」

からからに渇いている唇を湿らせたくて答え直すと、冷蔵庫から取り出したペットボトルを手にしたラシードが歩み寄ってきた。

受け取ろうとペットボトルに手を伸ばしたが、すいとラシードが躱してしまう。なぜ子どもっぽい意地悪をするのか、怪訝に思って視線で問いかけた、直後。

「僕が飲ませてあげるよ」

ラシードは目の前で蓋を開けて水を口に含んだかと思うと、そのまま口づけてきたのだ。

「……ん」

拒否する間もない。口移しで水を与えられたあとも続けられたキスに、拒否する余裕もなくなった。

ラシードのキスは情熱的で、角度を変えるたびに深くなる。もちろん初めての経験なので、自分には応じることすら難しい。

「ふ……ぅん」

されるがままになるうち、膝がガくりと頽《くず》れた。

その場にしゃがみ込むはめになる、はずだったが、腰に回った腕によって掬《すく》い上げられる。

「大胆に誘ってきたのに、こういうことに慣れてないの？　それとも、慣れてないふり？」

ラシードの問いにどう答えるべきなのか判然としないほどなので、いかに自分が舞い上がっているか知れようというものだ。

「過去を持ち出すのは野暮か。おいで。一緒にシャワーを浴びよう」

腰に腕を回されたまま、バスルームに促される。身に着けているものをラシードの手によって剥ぎ取られても、なにもできず身を任せるしかなくなった。

なにしろラシードは奇跡みたいに美しい身体なのだ。

長い手足。厚みのある胸。硬い腹。

なにもかも完璧で、自分の棒切れさながらのみっともない身体を恥じ入る余裕もなく、ラシードに釘付けになった。

「綺麗」

思わず吐息をこぼすと、ラシードがほほ笑んだ。

「きみは、抱き締めたら折れそうだ」

そして、名前を呼んで、優しい手で触れてくれた。

「可愛いな、アタ」

恋人同士でもあるかのように。

一夜限りの関係を結ぶオメガがアルファにどういう扱いを受けるか、これまで何度か耳にした。性欲の捌《は》け口として物同然に乱暴に扱われ、最悪、怪我を負う場合もあると。

それでもオメガがアルファの誘いを断らないのは、オメガであるがゆえだと。

もちろんそうでない人たちもたくさんいるだろう。ようするに、オメガは常にアルファ次第なのだ。

「このまま進んでも、平気？」

だが、ラシードは聞いた話とはまるでちがっていて、これ以上ないほど大事にされて困惑する。そのせいで、本当の名前はレイだと言ってしまいたくなるのを耐えるのにどれだけ苦労したか知れない。

本当の名前なんて言えるはずがなかった。なぜなら本当のレイは——自分は母親にすら捨てられた、不要な子だから。

「あ……」

髪や身体に降り注ぐシャワーは心地よく、泡立てたボディソープを肌に塗りつけられると身体が震える。宥めるような口づけも、大きな手のひらも、熱い吐息も初めてなら、それによってもたらされる感覚も初めてで、怖いくらい過敏になってしまう。

「敏感なんだ？　まだ少し触っただけなのに」

「そ……なの、わか、ない」

胸を撫で回される。そこからボディソープは徐々に広げられていき、勝手に身体がびくびくと跳ねた。

「や、なに……」

胸の尖りにラシードの指が触れた。身体を捩《よじ》っても、ラシードは抓《つま》んだり引っ掻いたりしてそこばかりを弄《いじ》ってくる。次第にそこが疼《うず》きだし、自分からラシードに身体を擦りつけたとき、レイは自分の中心が勃《た》ち上がっていることを知った。

「……嘘」

一度認識すると、自制するのは難しい。そればかりか、ラシードに弄られている胸も気持ちよくなってしまう。

「う、ぅん……ぁ」

どうにかしてほしくて鼻を鳴らすと、やわらかな声が耳へ流し込まれた。

「別のところも触っていい？」

いったい自分はどうなっているのか。鼓膜まで感じてどうしようもない。低く、甘い声に頭の中は霞がかかったように曖昧になり、レイは欲望に任せて頷いた。

「なら、アタの可愛い声でねだって」

そう言われたときも、少しも迷わなかった。

「触って……ほしい、です……もっと」

焦《じ》らされることはない。

「ああ」

ラシードの指が性器に絡む。

「あ……やっぱり……駄目」

「どうして」

「だ……って、も……いく」

「いいのに」

うなじにキスされながら指で何度か扱《しご》かれただけで堪えきれず、あっけなく達していた。

個人差か栄養不足か、未発達な身体が精通を迎えたのはつい去年のことで、その後覚悟していたヒートも起こらず自慰も未経験だった。

でもいま、ラシードの手で味わわされた絶頂はすさまじく、脳天まで痺《しび》れる。

「アタ。どうやらきみと僕は相性がいいようだ。きみ、すごくいい匂いがする。これでヒートが起こったらどうなるんだろうね」

ヒートでなくてよかったと、ぼんやりとした頭の隅で思う。通常でこれほどなのだから、これ以上なんて想像するのも難しい。

「続きはベッドで」

その言葉とともに身体が浮く。抱きかかえられてベッドまで運ばれたレイは、ラシードの気遣いに胸の奥に痛みを覚えた。

「そんなに、優しくしてくれなくていいです」

相手の言いなりにならなくてはいけないと聞いていたのに——困る。一夜限りの思い出にするつもりが、忘れられなくなりそうだ。

「こういうのは好きじゃない？」

綺麗な淡い色の瞳で、上からラシードが見つめてくる。

鼓動が大きくなったのを自覚しつつ、そうじゃないけど、とレイは目を伏せた。

「なら、優しくさせて？　きみに優しくしたい」

「……ラシード、王子」

いや、もう手遅れかもしれない。きっと自分は、今夜の出来事を一生忘れないだろう。何年たとうと胸をときめかせ、思い出にすることができずにいるのだ。

ラシードには一夜のアバンチュールでも、自分にとっては初めてで、たぶん一生に一度の夜。

こんなにあたたかく、甘い夜は二度とはない。

「ああ、『王子』は興ざめだ。ラシードと呼んでみて」

「でも」

「大丈夫。僕ときみしかいない。ほら、呼んで」

ラシードに請われ、レイはその名前を口にする。

「……ラシード」

その瞬間、ラシードの言葉の意味を理解した。

僕ときみ。

いまここにいるのはラシードと自分のふたりだけで、他は関係ないのだ、と。

そっと近づいてきた口づけを受け止め、胸がいっぱいになる。レイは自らの意思で唇を解き、ラシードの背中に両手を回した。

「すごく感じやすいんだね。いいな、アタ。本気になってしまいそうだ」

自分ばかり乱れたような気がするが、それも仕方のないことだろう。

なにもかも初めてだという以上に、ラシードはまるで恋人同士でもあるかのように振る舞うのだから。

平らな胸を弄られて、ざっと肌が粟立つ。いままで意識したことなど一度もなかったというのに、尖ってきた乳首が恥ずかしくて仕方がなくなる。

ラシードが唇を這わせたからなおさらだった。

「あ……やだ」

口に含まれ、転がされて、反射的に身を捩った。

「厭？」

上目遣いで問われて、なんと答えていいのかわからず正直に口にする。

「……じゃないけど、変な感じがして」

「じゃあ、やめない」

言葉どおりラシードは続ける。吸われ、甘噛みされているうちにレイ自身異変に気づいた。まだ触られてもいない自分の中心が切なく疼いていることに。

そればかりか、すでに先端には蜜があふれていた。

「ラシー……ド」

恥ずかしさから、もう勘弁してほしいと言外に訴えたつもりだったのに、

「いいから。感じて」

そんなふうに言われてしまってはそれ以上の言葉が出てこない。なにもかも未知の体験なせ

いで、これからどうなるかすら予想もつかなかった。

「あ……」

浅ましく勃ち上がっている性器に、ラシードの指が絡んだ。途轍もない快感に襲われたけれど、それもつかの間、指はすぐに離れていった。

ねだるように喉を鳴らしてしまったのは、自分にしてみれば自然なことだったが、与えられた優しい口づけに容易くごまかされる。キスに没頭しているうちに、狭間を滑っていった指が後孔を開こうとしていることに気づいたところで同じだ。

「可愛いな、アタ」

「……ふ」

ぐずぐずと快感に流され、されるがままになる。ラシードが濡れた指を挿入してきても、レイはすんなりと受け入れていた。指がラシード自身になっても。

その後のことは、まさに夢だった。隙間のないほど肌を密着させ、ラシードは戸惑うほど大事にしてくれた。

「アタ――」

やわらかく揺さぶられるなか、偽名なんて使わなければよかったと、何度悔やんだか知れない。一度でいいから、レイと呼んでほしいと思ったのも、自分にしてみれば自然な感情だった

のだ。

四年前の一夜が、まるで昨日の出来事のようにはっきりと脳裏によみがえる。思い出すと、いまだ胸が熱くなり、泣きたい気持ちにすらなる。

あの時間はまさに夢だったと、いまでも思っているのだ。

抱き合ったあともラシードは優しくて、たくさんの料理をホテルにデリバリーしてくれた。パンにスープ、スモークしたチキン、デザート。その他にもいろいろ。

シャンパンで乾杯し、時折キスをしながら、見たこともない料理をテーブルやベッドの上で愉しんだせいで気が緩んでしまったのだろう。うっかり自分語りをしてしまった。
六、七歳で母親に捨てられたこと。その後拾われた先で使用人として働いていたものの、旦那様に手をつけられそうになって逃げだしたこと。
以降はホームレスになり、いまはたまにありつける日雇いの仕事でなんとか凌《しの》いでいること。

何日も雑草を食べて過ごしたり、何回かは今回みたいに食べ物を盗んだりもしたこと。

あらためて口に出してみれば、なんてひどい生活だとみじめな気持ちになって自嘲したレイだが、ラシードは嗤《わら》わなかった。

ときどき髪に触れてきながら、静かに自身の話をしてくれた。

――きみは強いな。僕は、とっくに投げ出してこの体たらくだ。

哀れな独りぼっちのオメガに対する同情からにしても、ラシードの打ち明け話は心の支えになった。

――僕の半分は、オメガの母親の血が流れている。

妾腹《しょうふく》の出自というのは有名な話だ。それゆえ、長子でありながら王位継承権は二番目だと。

次男であるファイサルが王太子という事実を全国民は受け入れている一方で、街を自由に歩き回っているラシードについては愛すべき王子と身近に感じているのだ。

だが、ラシードは愚痴をこぼしたわけではないと、すぐに察した。

――嫡出子はファイサルひとりだ。オメガの母親を持っても、僕や妹のカミーラのようにアルファに生まれた者はいい。王室から金銭的援助はあっても、母方の血を色濃く受け継ぎオメガに生まれた子たちは王族と認められないばかりか、父親の名前すら教えられずに一生を終える者もいる。

父である王から捨てられた兄弟たちを憂《うれ》いているのだ。

――いったい何人いて、どこにいるのか僕も知らない。王も知らないだろう。

そういうものだと、王族が、そしてもしかしたらすべての国民が納得していたとしても、ラシードだけはちがうのだと理解するにはいまの一言で十分だった。

――厭な気分にさせてすまなかった。こんな話、誰にもしたことがないのに。

これには、黙ったままかぶりを振る。

むしろ話してくれて嬉しかった。だが、なんと返せばいいのか、気の利いた言葉が浮かばずレイはただ唇を引き結んでいるしかなかった。

――アタ、きみは不思議な子だな。

髪にキスしてきたラシードがほほ笑む。自分にしてみれば天にも昇るような心地だったのに、直後、当のラシードが打ち砕いた。

現実を突きつけてきたというべきか。

――素晴らしい一夜をくれたきみに、しばらく不自由しないだけのお金を払うよ。いくらか、好きな額を言って。できればまた会いたいんだ。

つまりラシードにとって自分は遊び相手のひとりにすぎないと、当たり前のことを失念していて愕然となった。

自分が特別だからといって、ラシードも同じであるはずがない。そもそも買ってほしいとこちらから頼んで、ラシードはそれに応えたにすぎなかったのだから。

ほんのわずかでも期待を抱いた、それ自体が過ちだ。

――そのお金って、あなたが働いて稼いだものじゃないですよね。そんなお金、俺はいらない。余ったパンをくれたら十分。

はすっぱな返答をしたのは、自身を戒めるためだったような気がする。そして、夢のような一夜を大事にとっておきたいと、そんな身勝手な願望もそこにはあった。

――きみは変わってるな。

ラシードはひょいと肩をすくめた。

――でも、そのとおりだ。

それからまたキスをして、抱き合って、ラシードが眠っているうちにレイはホテルの部屋をひとり抜け出した。

朝まで一緒に過ごして、魔法が解けるのが怖かったのかもしれない。夜の時間を自身の胸の奥に閉じ込め、ふたたび貧しいホームレスに戻った。

もう二度とないし、会うこともないのだからと自分に言い聞かせてきたけれど、結局こうやって頼っているのは、無意識とはいえ、心のどこかにラシードなら助けてくれるはずと微《かす》かな願望があったからだろう。

バドゥルの寝顔を見つめながら、レイは過去と現在を行き来する。あの夜と、今夜だ。いまだ甘い気持ちが芽生えるのは、どうしようもないことだった。

ホテルからの帰路、見上げた夜空にくっきりと浮かび上がった綺麗な満月はいまだ瞼《まぶた》の裏にはっきりと思い描くことができる。

子どもを授かったとわかったとき真っ先に思い出し、迷わず同じ月の名前をつけた。

満月——バドゥルと。

自分にとってバドゥルは奇跡の子どもも同然だ。どうやらあの日、無自覚のまま最初で最後になったヒートが起こったようで、ラシードは避妊具を使ったにもかかわらず、こうして自分のもとへ来てくれたのだから。

「バドゥル。お父さんに抱っこしてもらえてよかったね」

なにより喜んでいるのは間違いなく自分自身だとわかっている。ラシードに抱かれているバドゥルを見ている間、震えるほど熱い気持ちが込み上げてきた。割り切っていると思っていたのに、どうやらそうではなかったらしい。

オメガのための街と聞くハザ地区を目指さず、施設が移転した後もここに留まっていたのはもしかしたらラシードの近くにいたい一心からなのかもしれない、とこうなって気づく。

「バドゥル。俺の宝物」

あの特別な一夜がくれたバドゥルは、この身に代えても必ず守る。

愛おしい我が子の額にキスしたレイは、睡魔が訪れるまでの長い間、愛らしい寝顔を見つめて幸せな気持ちに浸っていた。

3

目が覚めるや否やバドゥルは鳥の羽みたいな上掛けから抜け出し、初めて目にするものであふれている室内に声を上げた。

薬のおかげだろう、熱は引き、いつもの元気な様子を前にしてレイは胸を撫で下ろした。

「バドゥル。そんなにはしゃいだら、また熱が出ちゃうだろ」

ベッドの上で飛び跳ねだしたバドゥルを引き寄せ、抱え込む。もっともバドゥルが興奮するのも無理はない。

納屋しか知らないバドゥルにしてみれば、壁の絵画に調度品、天蓋付きのベッド、なにより窓から差し込んでくる陽光はまるでおもちゃ箱同然に鮮やかに見えたとしても少しも不思議ではなかった。

「バドゥル。いい？　お行儀よくしなきゃ駄目。せっかく助けてもらったのに恩知らずな奴になってもいいの？」

正面から向き合い、諭す。

「だめ」

バドゥルは、こくんと頷いた。

「バド、おぎょうぎよくする」

「うん。じゃあ、顔を合わせたらまずなんて言うんだった？」

「おはよございます！」

「そう。バドゥルはいい子だね」

「バドはいいこ」

ベッドの上で確認したあと、バドゥルの髪を手櫛で整える。自分の髪に手をやったところ、普段とはちがって指通りのよさに驚き、その後、羞恥心がよみがえってきて頬が熱くなった。バスを勧められるわけだ。

その日食べるものを得ることで頭がいっぱいで、正直、身なりや清潔感は二の次になっていた。できるだけのことはやっていたつもりだが、ラシードの言うとおり、バドゥルのためにももっと気をつけるべきだったのだろう。

「そうだね。いい子はまず身体を綺麗にしよう」

タオルを借りなければいけない。と、ベッドから下りたちょうどそのタイミングで、部屋のドアがノックされた。

てっきり昨夜の使用人だと思い、直接ドアを開けたところ――驚いたことにそこにいたのはラシードで、レイは息を呑んだ。

「おはよう。バドゥルの具合は？」

突如現れたラシードに緊張して動きを止めた自分に反して、バドゥルは「ラシド」と高らかに名前を呼ぶと同時に駆け寄っていった。

「おはよございます！」

ぶつかっていったバドゥルを笑顔で抱き上げたラシードは、額に額をくっつけると、満足そうに頷いた。

「どうやら薬がよく効いたようだ」

その様子に、昨夜同様心が掻き乱される。

「一緒に朝食でもどうかな」

「ちょうしょく？」

「朝ご飯だ」

「ごはん！」

見つめ合うふたりの瞳の色が同じだという事実を実感してはなおさらだ。

「ごはん！　ごはん！」

いまにもだらだらと涎《よだれ》を垂らさんばかりになったバドゥルを、レイは慌てて制する。

「お行儀よくして」

だが、

「子どもは元気なのが一番だ」

ラシードが許してしまうせいでなんの意味もなさなくなった。

「バド、げんき！」

いや、呆れを込めてため息をついた自分にしてもバドゥルと似たようなものだ。

昨夜はそれどころではなくて、空腹を感じなかった。が、ラシードの誘いに、返事をするより先に腹の虫が答えてしまう。これでは、くすりと笑われてもなんの言い訳もできない。

「バドゥルの身体を拭いてからでいいですか」

羞恥心を押し殺して許可をもらい、あとで合流する約束をして使用人にタオルと湯を借りてバドゥルの身体を綺麗にする。今夜熱が上がらなければ、シャワーを使わせてもらえるよう頼むつもりだった。

「まだ？　レイ。も、きれいになった？」

そわそわするバドゥルに、自分と同じだとレイは心中で苦笑いをしていた。

昨夜からずっとそわそわしっぱなしだ。ラシードを前にしていると落ち着かないし、緊張するし、胸の奥がずっと疼いている。

正直に言えば、浮かれているのだろう。ふたりを見ていると甘い気持ちが込み上げてくるのはどうしようもなかった。

一方で、バドゥルのことについては打ち明けるつもりはなかった。なぜ黙って勝手な真似をしたのかとラシードの怒りを買うだけではすまず、最悪の場合、バドゥルと引き離される可能性だってある。

もしそうなったら生きてはいけない。

「……ちゃんと、しなきゃ」

着替えをすませると、使用人に付き添われてラシードの待つ部屋へ向かう。案内されたのは風通しのいいテラスだった。

見渡す限り緑が広がり、思わず深呼吸をして朝の空気を肺いっぱいに吸い込む。天井に設置されたシーリングファンからのやわらかな風は、身体に溜まった疲れを払ってくれるような気がした。

「やあ、待っていたよ」

「…………」

反射的に目を伏せる。いいかげん自分でもばかみたいだとわかっているのに、ラシードを前にすると見惚れてしまいそうになるうえ、緊張で身体も硬くなる。

「バドゥル。飲み物はなにがいい？　オレンジジュース？　それともパイン？　ああ、林檎もある。なんでも好きなものを用意するよ」

すっかりラシードに懐いたバドゥルは、もともとの物怖じしない性格もあって素直に嬉しそうだ。

「わ〜い。バドねえ。ジュー飲んだことないけど——みーんなすきなの」

瞳を輝かせるだけでは足りず、両手を大きく広げたバドゥルに、ラシードも笑みを深くする。

「そうか。なら、フルーツジュースがいいな」

「ふるっ、ジューシュ」

ふたりのやりとりがほほ笑ましければほほ笑ましいほど、レイ自身は気を引き締めなければと自制する必要があった。

やむにやまれず押しかけたのは、働き口と住居のためだ。すぐにでも紹介してもらって仕事をさせてもらわなくては……気を緩めている場合ではない。

「昨夜はありがとうございます。おかげでバドゥルもすっかり元気になりました」

勧められるまま食卓についたレイは、頬を引き締めて本題を切り出した。

「それで、あの、働き口と住居のことなんですが、できるなら早いほうがありがたいんですが」

図々しいのは承知のうえだ。生きていくには遠慮なんかしていられないので、たとえどう思われようと自分から請うしかなかった。

「その話か」

しょうがないね、とでも言いたげな表情でラシードが顎を掻いた。

パンにスープ、色とりどりのフルーツ。目の前にあるデーツは、街の店頭でもよく目にするものとは大きさも色もちがい、間にドライフルーツやナッツが挟んであるものもある。昔、ホテルの一室でラシードとともにとった食事よりも種類が豊富で豪華な料理の並ぶテーブルを前にいきなり頼み事をするのはやはり不作法か。

「バドゥルは病み上がりだ。完治してからでも遅くないだろう？」

「…………」

でも、と言い訳めいた言葉を呑み込む。

ラシードの言うとおり昨日の今日だ。完治するまでゆっくりさせてやりたいと、自分にしても思っている。半面、焦ってしまうのは個人的事情にほかならなかった。

一刻も早く働きたいという以上に、ラシードと距離を置きたいと思っているからだ。

ラシードの気遣いの言葉が嬉しい。だからこそ、不安だった。

「わ～、レイ、おいしいよ」

反してバドゥルは無邪気なもので、目と口を大きく開く。そして、手にしたふわふわの白いパンを半分に割ると、一方をこちらへ渡してきた。

「レイも食べて」

これほど料理が並んでいてもひとつのものを分けようとする我が子に、レイも肩の力を抜く。気難しい顔をしていてはせっかくの好意を台無しにすると、バドゥルに教えられた。

「じゃあ、レイもいただくね」

バドゥルに頷き、ラシードには「ありがとうございます」と礼を言ってからパンを口に入れる。バドゥルがはしゃぐのも無理はない。信じられないほどやわらかで、甘い。

ラシードに助けられるのは、これで三度目になる。

運命的だなんて思うほど図々しくはないつもりだ。これまでラシードの姿を遠くから見かけることはあったが、それはナビ近辺に住んでいる者なら皆そうだし、彼にしても相手が誰であっても救いの手を差し伸べたにちがいない。

ちゃんと自覚している。

「バドゥルは本当に親思いでいい子だな。きみが大事に育ててきたんだとわかるよ。ひとりで大変だったろうに、えらいな」

本来なら嬉しいはずの言葉にも後ろめたさが込み上げてきた。そのせいで、

「僕を頼ってくれてありがとう」

ラシードにそう言われたときも、つい可愛げのない返答をする。

「働き口と住居の世話をしてやるなんて言われたら、俺みたいな奴はすぐ飛びつきます」

なんて恩知らずな返事だろう。

表情は変わらなくても、内心失礼な奴だと呆れたに決まっている。きっとそうだ。ちらりとラシードを窺ったレイに、思わぬ言葉が投げかけられた。

「その件だが、ちょうど使用人をひとり増やそうと思っていたところだから、きみにはこの屋敷で働いてもらうつもりだ」

「……この、屋敷で、ですか？」

働き口はナビ、もしくはその周辺だといい。などと勝手な希望を抱いていたレイだが、よもやラシードの屋敷内だとは予想だにしていなかった。

「でも……俺、雑用と、ちょっとした繕い物くらいしか、できることがないです」

「一度に憶える必要はない。バドゥルのために、きみは一刻も早く落ち着いた環境に身を置くべきだと思う」

そのとおりだ。選り好みする立場にはないし、なにより十分すぎる環境を与えてもらえる事実に感謝すべきだろう。

「しばらくバドゥルに付き添ってからでいい。――そうだな。一週間。一週間後から働けるようにしておこう」

想像もしていなかったことの連続で、どういう顔をしていいのかわからなくなる。ラシードにとってはボランティアであっても、困窮している者すべてに対してこんなふうに手厚いもてなしをしているのだとすれば、取り入りたい者たちまで殺到しないだろうかとよけいな疑念も湧く。

「あの、どうして俺と……バドゥルをそんなに気にかけてくれるんですか？」

そう聞いてしまったあとで、レイは慌てて口を閉じた。いまの言い方はあまりに無神経だ。少なくとも、助けてくれと駆け込んだ自分がするべき質問ではなかった。

「それは――」

ラシードもそう思ったのだろう、端整な面差しに困惑が浮かんだ。

「言わなかったかい。いつまでも『自由奔放な王子』じゃいられないだろう？」

はぐらかされたような気がしたのも一瞬、

「それより、父親は大丈夫？」

父親という言葉に、バレてしまったかとぎくりと身をすくませる。昨夜は焦っていたこともあって、なにか口走ってしまったか、と。

「彼は、きみとバドゥルがここにいると知っているの？」

「彼？」

しかし、早合点だった。首を傾げたレイは、数秒後、ようやくザハルのことだと思い当たる。ザハルが父親だと咄嗟に嘘をついてしまったのは、自分だ。

「あ、え……っと。大丈夫です」

「そう。彼のことを聞いてもいいかな」

なぜザハルについて知りたがるのか、怪訝に思いつつ答える。

「ザハルは、大家さんの、息子です。学生で……」

だが、それ以上、話せることはない。なにも知らない。大学はどこなのか、バイトはなにをしているのか。知っているのは親切なひとだということだけだ。

あとは――バドゥルの父親になってもいいと言ってくれた。たとえ同情であっても、そんな申し出をしてくれるひとなど、ザハル以外にはいないだろう。

ここで離れたのは、いいタイミングだったのかもしれない。スハリ夫人の耳に入ったいま、これ以上自分たちが近くにいてはザハルに迷惑をかけるばかりになる。

「とても、いいひとです」

結局それくらいしか答えられなかったけれど、ラシードからは特になにもなく、ザハルの話はこれで終わった。

代わりにその目をバドゥルに向けると、ラシードは頬を緩める。

「可愛いほっぺについてる」

頬と口許をナプキンで拭いてもらったバドゥルは、手にしていたヨーグルトスプーンをテーブルに置いてから、あのね、と切り出した。

「レイとなかよくしないの？　レイのこと、だいすきじゃない？」

「……バドゥル。なに言ってるんだよ」

反射的に作り笑いをラシードに向ける。微妙な空気を察して喧嘩《けんか》をしているとでも勘違いしたのだろうが、そもそも喧嘩などできる関係ではない。それをどううまく伝えるべきかと口ごもったところ、ラシードが予想外の返答をした。

「すまない。僕が悪かった。ちょっと意地悪な言い方をしたな。でも、レイと仲良くしたいと思ってるよ」

「じゃあ、レイのことだいすき？」

「ああ、大好きだ」

「バドも！」

ほほ笑ましい、と思う会話なのかもしれない。バドゥルの素直な疑問も、それに合わせてくれるラシードも。

だが、この場で自分ひとりがちがう。きっと赤面しているだろうと思うと、伏せた顔を上げられなくなってしまった。たとえ大人の対応でバドゥルに合わせてくれたのだとしても、平静でいるのは難しい。

「そろそろ僕は仕事に行かなくちゃならないが、きみたちはゆっくりするといい」

ラシードがそう言ったときもまともな返事ができず、椅子から立ち上がると、レイは赤らんでいるにちがいない頬を手のひらで隠したままラシードを見送るはめになった。

「いてらっしゃい」

にこにことしてバドゥルが手を振っていたのが救いだ。今後屋敷に勤めるなら、いちいち過剰反応するわけにはいかないし、最低限愛想よくすべきだろう。

「……慣れなくちゃ」

少なくともラシードの存在に慣れることが先決だった。姿を見ただけで動揺するようではこの先思いやられる。

「あのねえ、バド、ラシドだいすき」

ふたりきりになると、ふたたびヨーグルトを食べ始めたバドゥルが秘密でも打ち明けるようにスプーンを舐めつつ口にする。

意表を突かれる一言だったが、同時に胸に熱い感情が込み上げてきた。

「そっか」

同じ血が流れているだけあって惹かれ合うものがあるのかもしれない。身勝手なのは承知で、そんなふうに感じずにはいられなかった。

「おはよう」

入れ替わりに姿を見せたのは、ファイサルだった。

「おはようございます」

腰を浮かせたレイに、ファイサルはたったいままでラシードがいた椅子に座ると、テーブルに頬杖をついて隣のバドゥルへとその目を向けた。

「体調が戻ったようで、よかったね」

ファイサルが屋敷に入れてくれたおかげだ。

「はい。ありがとうございました」

感謝を口にしたあと、レイは改めて挨拶をする。

「使用人としてここで働かせてもらえることになりました。よろしくお願いします」

昨日、ラシードの屋敷を訪ねてきたファイサルは、しばらく滞在する予定なのかもしれない。

現在、王太子であるファイサルは、父親である王の居館《きょかん》の敷地内にある別邸に住んでいると聞く。

「ここで？　そうなんだ」

どこか歯切れが悪いのは、もしかしたらなにか不満があるのかと身構えたレイだが、案の定ファイサルには明確な理由があった。

「気を悪くしないでほしいんだけど、きみ、オメガだろう？　うちの使用人はみんなベータだ。なぜなのかは、わかるよね」

もとより説明されるまでもない。

「はい。あ、でも俺は、ヒートがないので大丈夫です」

端《はな》からできそこないなのか、後天的なものか知らないが、一度を除いてヒートを知らずに今日まできた。高価な抑制剤が不要な時点で幸運だし、きっとこの先も来ないだろうと思っている。

「そうなんだね。まあ、それだけじゃないんだけど――どちらにしてもラシードはきみをよほど気に入ったみたいだ。これまで手助けはしても、屋敷で働かせるなんて一度もなかったから」

さらりと口にされた言葉に、身を硬くする。ファイサルが異を唱えれば覆されるのではないかという不安が込み上げ、へらりと作り笑いで応じた。

「ちょうど使用人を増やしたかったと仰ってました」

そもそもラシードに気に入られる理由がない。

ファイサルはそれについて返答せず、代わりにその目をまたバドゥルへ向けた。

「昨日も思ったんだけど、この子、目の色が淡いな。お父さんがそうなのかな」

どんな意図があっての言葉なのか。レイは内心の不安を悟られまいと懸命に押し殺す。単に雑談のつもりなのか、それとも他意があるのか。

「どう、なんでしょう」

自分にできるのは適当に流してうやむやにすることくらいで、うまい言い訳ひとつ思いつかなかった。

いや、言い訳なんてすでに無用だ。自分はいまここにいて、この屋敷で働くと決めた以上逃げるわけにはいかない。

無意識のうちに大腿の上で握りしめていたこぶしを、そっと解く。汗で湿った手のひらが気持ち悪くて、ファイサルに見つからないようそっとナプキンで拭いた。

「でも、バドゥルは俺が育てるので」

いままでも、これからも同じだ。顔を上げ、ファイサルを見てそう告げる。

ファイサルはどう思ったのか、それ以上この件について言及してくることはなかった。

「あの、俺、失礼します」

椅子から立ち上がったレイは、渋るバドゥルを半ば無理やり立たせてその場から引き離すのがやっとだった。

一週間という猶予をこちらから切り上げさせてもらい、三日後、使用人としての生活が始まった。他の使用人たちにとって自分の存在が異質であるのはわかっていたことだが、全員がベータのなかにたったひとり放り込まれるという意味をあらためて実感するはめになった。

ファイサルが危惧したとおりだ。

好奇の視線は当然ながら、サハリ夫人や女店主を始め、街でさんざん言われてきたことを陰で囁かれるようになった。いや、耳に入ってくるのだから、陰口ですらない。

なかには、「ラシード様の厚意に付け込んでいる」「どんな手管《てくだ》を使って」とあからさまに嫌悪を示してくる者もいるが、仕方のないことだった。

いつの時代からかオメガはアルファの慰み者、アルファ専用の娼婦、男娼と認知されるようになって久しいのだ。その後はよくて愛人、通常は放り出されて困窮した生活を強いられる。

ずっと以前には「運命のつがい」なんて言葉が流行ったこともあったというが、アルファとオメガのハッピーエンドなんて、もはや御伽噺《おとぎばなし》でしかなかった。

自分にしても、そんな御伽噺のような展開を夢見ているわけではない。望みはたったひとつ、バドゥルと一緒に食べて、眠れたらそれでよかった。

だからこそ、なにがなんでも与えられた仕事と住居にしがみつくつもりでいるのだが——。

「あの、俺はなにをしたらいいでしょうか」

子持ちの使用人も多く、屋敷には保育室があるためそこにバドゥルを預けたレイは支給された制服を身に着け、必死で働くという決意で数人に問うていったが、みながみな知らん顔を決め込み、助言ひとつするつもりはないと態度で示される。どうやらラシード様のためになんとしてもこのオメガを屋敷から追い出そうというのがみなの総意のようだ。

今朝から何人かに声をかけたが、ことごとく空振りに終わり、レイは自己判断で動くしかなかった。

雑巾を見つけ、廊下に飾ってある花の花瓶を拭いていると、ひとりの使用人が雑巾を奪いにやってくる。

「そんな粗い生地のもので拭いて傷でもついたらどうするの」

まさか陶器専用の布があるとは知らず、すぐさま謝罪する。

「あの、どれを使えばいいですか？」

レイの質問に彼女は口を開いたものの、はっとしたように目を瞬かせると、なにも言わずに足早に去っていった。

メイド長に話をするなどとでも命じられているのかもしれない。途方に暮れたレイはため息を押し殺し、仕事を求めて執事の姿を捜す。役立たずの烙印を押されて追い出されるわけにはいかないため、なんとしてもやるべきことが欲しかった。

歓迎されないことは初めから承知のうえだ。

リネン室を見つける。洗濯や繕いものならできる、と中へ入っていこうとしたところ、仕事の傍ら話をしている使用人たちの声が耳に入ってきた。

「こんなときに、なにかあったら困るのはラシード様よ」

こんなときとは、いったいなんだろうか。入室を躊躇《ためら》い、その場で聞き耳を立ててしまう。

「いい縁談なんでしょ？　すごく綺麗な方みたいだし、いま悪い噂でも立ったら、あのオメガのせいよ」

「ラシード様は優しい方だから」

縁談？　ラシード王子に？

知らなかった……いや、自分が知るはずがない。

ラシードはもう二十八歳だ。王太子は弟のファイサルとはいえ、王位継承権二位の立場であれば後継ぎを期待されるのは当然のことだし、きっとラシードならいくらでも相手はいるはずだ。むしろいまも独身でいることのほうが不思議なくらいなのだ。

そっか。ここで働けばいずれラシードの妃にも仕えるのか。

いまさらながらにその事実に気づき、レイは唇を引き結ぶ。分不相応にも少なからずショックを受けている自分の愚かさには眉根が寄った。

ショックを受ける権利など自分にはないし、そもそも関係のないことだ。

やるべき仕事をする、それだけを考えていればいい。

「失礼します」

ことさら快活な挨拶とともにリネン室へ顔を出す。あからさまにぴたりと口を閉じた使用人たちの態度には気づかないふりをして、洗濯物を手にとった。

「シーツの交換、やりますね」

そのまま出ようとしたレイだが、即座に止められる。

「あなたは……いいから、ここでアイロンをかけてて」

屋敷内をうろちょろしてほしくないのだろう。とわかるが、やっと仕事を得たことにほっとし、はい、と返事をする。アイロンなら繕いものの依頼主のもとで使わせてもらった経験があるため、教えられなくてもできる。

洗濯物をアイロン台へ置いたときだった。リネン室に女性が飛び込んでくる。保育士だ。

まさかバドゥルの身になにか……という予感は当たっていた。

「すぐに来てください」

保育士に急かされ、怪我でもしたのかと青くなって駆けていく間、最悪の想像ばかりしていたレイだが。

「バドゥル！」

保育室の前にある庭で遊ぶバドゥルの姿を目にして、安堵のあまりへたり込みそうになった。

と同時に、なぜ呼ばれたのかと怪訝に思う。

すると保育士の眉間に深い縦皺が刻まれた。

「いまはお勉強の時間なのに、彼はひとりお外に出てしまいました。あげく、見てください」

保育士が示した先には、赤い実の木がある。

「あ、レイだ～」

バドゥルは赤く染めた両手で、抱きついてきた。

「あのね。バド、レイにあげようとおもったの」

「……バドゥル」

制服に赤い紅葉のような跡ができる。洗わなければと思った矢先、保育士が厳しい言葉を発した。

「ちゃんとみんなに合わせられないばかりか、こういう悪戯《いたずら》をして。本当に困ります」

保育士の忠告はもっともで、バドゥルは大勢の子どもと過ごすのも初めてなら、勉強も初めてなので他者と同じようにするのは難しいのは事実だ。ずっとふたりきりで生きてきたのだから。

「すみません！　言って聞かせますので」

だが、それはこちらの都合でしかない。ひたすら保育士に謝ったレイは、バドゥルに向き合い、腰を下ろして目を合わせた。

「バドゥル。勝手にお庭に出たら駄目なんだよ。先生の言うことをよく聞いて」

でも、とバドゥルが唇を尖らせる。

「レイがよろこぶとおもって」

「レイは、バドゥルが先生の言うとおりにしてくれたほうが嬉しい」

急に環境が変わって戸惑っているにちがいないバドゥルを叱るのは胸が痛むが、これぱかりはしようがない。貧しい生活より、多少不自由であってもいまのほうがバドゥルには確実にためになる。

心中で自身にそう言い聞かせ、レイとすがってくるバドゥルに対して首を横に振って引き離した。

「部屋に入って、いい子にしてて。でないと、レイが困る」

バドゥルの淡い瞳は見る間に潤み、瞬きをした瞬間、頰にぽろりと雫がこぼれる。可哀想とつい手を伸ばしたくなるけれど、甘い顔を見せるといつまでたっても同じことのくり返しになるだろう。

バドゥルには慣れてもらうしかないのだ。

「ごめ……レイ……う、ん……バド、いいこにする……レイ、おこらな、でっ」

ひっくひっくとしゃくり上げながら謝ってくるバドゥルに頷き、身を切られる思いで背を向ける。

「すみません。よろしくお願いします」

もう一度保育士に謝罪してから、仕事に戻るためにその場を離れた。後ろ髪を引かれる、なんて思っては罰が当たる。

せっかく手に入れた環境を捨てるわけにはどうしてもいかないのだから、これまでとちがうのは当然のことなのだ。

4

自社ビルの最上階にある自身のオフィスで、ラシードは半ば無意識のうちにデスクを指で叩いていたことに気づく。

七年前、面白半分で起ち上げた輸入会社に本腰を入れ始めて四年。スタッフに恵まれたおかげで会社はようやく軌道に乗ってきたし、プライベートもそれなりに充実している。ボランティアの一環である生活困窮者の救済にしても順調で、いまの生活にはなんの不満もない。が、どうしてか最近の自分は苛立ちが拭《ぬぐ》えず、喉に小骨でも刺さっているような気持ちの悪さを感じているのだ。

いったいなぜ。

ここのところの変化といえば、レイとバドゥルを屋敷に迎え入れたことだ。レイと同じ年齢の子たちはまだ学生で勉学に遊びにと人生を謳歌している者は多いというのに、幼子を抱えて苦労している様はあまりに気の毒だった。

痩せた身体に汚れたカンドゥーラを纏《まと》っている姿は直視するのを躊躇《ため》らうほどで、レイが日々を必死で生き抜いているのが伝わってきた。

ザハルといったか。事情があって婚姻関係にないにしても——レイとバドゥルへ金銭的援助すらしていないのは明らかで、不快感が込み上げる。

学生時代はとかく開放的になりがちだ。自分自身そうだったし、苦い思い出も多々ある。しかし、ザハルの場合は事情が異なる。

あのふたりを見て、父親としてよくも平気でいられるものだ。

「……あんな男のどこがよくて」

デスクを叩くのをやめたラシードは眉根を寄せ、目の前の書類に目を落とす。昼間のうちにチェックしておくつもりが、集中できずまだ半分残っている。

レイとザハルについては自分には関係ないことなのに、いったいなにをやっているのか。ため息をつき、ふたたび書類の文字を追い始めた矢先。

震えだした携帯電話を手にとると、かけてきたのはファイサルだった。

「めずらしいな」

いまの時刻、ファイサルは大学に行っているはずだ。四年間大学の寮に入っていたファイサルが、大学院に進んだのを機に自宅へ戻ったのは父の意向だと聞いている。

「こんな時刻に、どうかしたのか？」

開口一番で用件を問うと、こちらの状態を敏感に察知した一言が返ってきた。

『なんだか刺々しくないですか？　兄さんでも苛つくことがあるんですね』

直接顔を合わせているわけでもないのに図星を指され、ますます眉間の皺は深くなる。自分でもどうしてなのかわかっていないせいで、持て余しているというのが正直なところだった。

「デスクワークに飽きていただけだ」

適当に受け流す。ファイサルが信じたかどうかはどうでもよかった。それよりも、次に発せられた言葉に意表を突かれる。

『兄さんが雇ったあの親子のことですが』

まるで頭の中を覗かれたようなタイミングに、携帯を一度耳から離す。息をつき、携帯を戻したラシードはそ知らぬ顔で応じた。

「おまえがあの親子に興味を持つとは思わなかった」

背凭《せもた》れに身体を預け、デスクワークで凝った首を傾ける。

ファイサルは、おや、と白々しい返答をした。

『あの親子に興味があるのは、兄さんのほうだと思っていました』

「……そ」

どうやって否定すればいいのか、言葉が浮かばず口ごもる。どんな言い訳をしたところでファイサルが納得しないだろうこともわかっていた。

「それで？　そんなことを言うために、わざわざ大学から電話をかけてきたのか？」

雑然さが携帯越しにも伝わってくる。講義の合間を縫って電話をしてきたからには、よほどの用件にちがいなかった。

『よけいなことかもしれませんが、あまり彼を特別扱いしないほうがいいんじゃないですか』

ファイサルの忠告は予想の範疇《はんちゅう》だ。使用人にしたせいで、特別扱いに見えるのだろう。

「そんなつもりはない。使用人を増やしたかったのは事実だ」

『ならいいですが。婚約者の機嫌を損ねるのは兄さんも避けたいでしょう』

「まだ婚約していないと、おまえも知っているだろう？」

『王はすっかりその気ですけどね』

は、と思わず失笑しそうになる。王が乗り気なのは、不肖の長子をさっさと片づけて次はいよいよ本番の王太子、ファイサルの後継を望んでいるからにほかならない。それをファイサルも自覚しているはずだ。

『婚約者はさておき、王の機嫌は損ねたくないでしょう。自由には対価が必要ですから――って、兄さんが誰よりわかっていることでしたね』

「…………」

痛いところを突かれ、覚えず眉根が寄る。

当然、ファイサルの話はそれでは終わらなかった。

『ヒートがないとはいっても、彼がオメガである以上、厄介事を引き入れるも同然じゃないですか？』

ヒートがない？　初耳だ。ヒート中は抑制剤でコントロールしつつ、仕事を休めばいいと考えていたのだ。

それゆえ、ファイサルがそんなデリケートな話をいつレイとしたのかと、そちらに疑念が湧く。

最初から接している自分に、レイは一言も話してくれなかったというのに。

「その都度私が対処すればすむことだ」

必要以上にそっけない口調になってしまったという自覚はある。それがどういう理由からなのか判然としないものの、これ以上ファイサルと電話を続けたところで愉しい話題になるとは思えなかった。

「すまないが、仕事が立て込んでいる」

忙しいと暗に伝え、不毛な電話を終える。すぐに目の前の書類に集中するのも難しく、迷ったすえ、ラシードはふたたび携帯に手を伸ばした。

かけた先は、たまに使っている興信所だ。簡潔に依頼内容を伝えると、よけいなことは言わずすぐに切る。これは、雇い主としての責務だと自身のなかで納得させさせながら。

レイの素性については、子どもの頃に親に置き去りにされたとのことで本人も知らないらしい。調査によってすべてが詳《つまび》らかになると期待しているわけではないが、仮に血縁にある者が判明したなら少なくとも天涯孤独ではなくなる。

自身のルーツを知るのは、ひととして優先されるべき権利だ。

いや、おそらくそうではない。多分に個人的興味のせいだという自覚がある。

なぜだろう。最初から気になっていた。単に過酷な状況にある親子への同情だというなら、手元に置く必要があっただろうか。

「社長」

ノックのあと、姿を見せた秘書から客人の来訪を告げられた。飛び込みというので一度は断ろうとしたラシードだが、

「ザハル・スハリさんという方なんですが、どうしても社長に会わせてほしいと仰っていて」

その名前に鈍感ではいられなかった。

「応接室に通して」

困惑顔の秘書に答え、目の前の書類をいったん脇へ押しやる。そして、先日会ったザハルという青年の顔を脳裏によみがえらせた。

好青年だった。ベータでありつつ、レイへの気持ちが表情や態度に表れていた。ここまで乗り込んでくるくらいなので多少なりとも責任感はあるようだ、現状、こうなっているのだからやはりお世辞にもそれが足りているとは言い難い。

レイとバドゥルは職どころか住居すらままならず、困窮していたのだ。

ラシードは苛立ちを抑えるために数分を費やした後、椅子から腰を上げると部屋を出た。一階へ下り、平常心で応接室のドアを開けた。

「レイはどこですか！」

にもかかわらず、当の客人が台無しにする。開口一番、挨拶もなしに声高に問うてきたザハルに不快感が込み上げた。心配しているというのを差し引いても、彼に無礼な態度をとられる謂《いわ》れはなかった。

「まるで誘拐犯でもあるかのような言い方だな」

故意に、ふっと嗤ってみせた。

自身の立場、彼の立場を明確にするのが目的だ。しかし、ザハルはますます頭に血が上ったようで、

「王子、どうかお願いします。レ……レイに、レイに会わせてください」

こちらが無理に囲っているとでも言いたげに詰め寄ってくる。

「とにかくかけて。これでは、話もできない」

ソファを勧めても座ろうとしない彼に構わず腰を下ろしてから、ラシードはザハルをまっすぐ見据えた。

「レイが助けを求めてきたから、僕は手を差し伸べただけのこと。彼の望みで仕事と家を用意した。それを捨てて、あなたのもとへ戻るメリットがあるとは思えないが」

言外に、きみではなんの役にも立たないと挑発めいた言い方をする。興奮している人間には悪手だと百も承知でそうしたのだから、自分も冷静とは言い難い。

そして、その結果は見えていた。

「いまは難しくても、これから……卒業して、ちゃんと就職できたら親に認めてもらって……」

場はいっそう険悪になり、ザハルの表情にあからさまな悔しさが表れる。

「その間、あの親子に木でも齧《かじ》ってろと？」

「そ……それは……っ」

見る間に、好青年然とした顔が赤らんだ。憤怒と羞恥心が交互に表れ、彼の握りしめたこぶしは震えている。

「ラシード王子、こそ……レイを囲うつもりじゃないんですかっ。じゃなきゃ、オメガを傍に置くわけがないでしょう！」

ザハルの糾弾には、はっと嗤笑《ししょう》した。

「短絡的だな」

おとなげない対応だ。自身にうんざりしつつも譲る気はないという時点で、他者のことをとやかく言えないとわかっているのに、どういうわけか熱くなってしまう。

なぜ自分がこの男に断じられなければならないのか、腹立たしさもあった。

「ここまで押しかけてきた勇気は認めてもいいが、彼の居場所を教えるつもりはない。今日も、明日からも、だ。もしこれ以上きみがしつこくしてくるなら、こちらにもやりようがある。きみを黙らせる方法なら、ゆうに両手以上は思い浮かぶからね」

「……っ」

やりすぎだと内心で自嘲《じちょう》する半面、ザハルへの不信感は増す一方だ。

貧困に喘《あえ》いでいたレイに十分な手を差し伸べず、離れた途端に引き留めにかかるなど父親としては失格だろう。

学生らしいが、それは言い訳にはならない。ザハル自身がまともな出で立ちをしているだけに、レイの身なりを思い出すと同情する気は少しもなかった。

棒切れのような身体に汚れた衣服を纏ったレイは、バドゥルのために気力だけで生きてきたのだと察せられる。献身的とも言えるほど、我が子を守ってきたのだ。

「どうする？」

選択を迫ると、唇を噛んだザハルは踵を返した。そのまま応接室を出ていったが、ばたばたと走る足音が遠ざかっていったあとも不快感はおさまらなかった。

レイは、あんな男のどこがよかったのか。

責任もとらない男のなにが——。

「社長。大丈夫ですか？」

ただならぬ様子にやきもきしていたのだろう、秘書が顔を覗かせた。

「ああ、大丈夫だ」

口先だけの返答をすると、てっきり去っていくとばかり思っていた秘書は応接室へ入ってきて、ドアを閉めた。

「いまの客人が捜しているのって、社長が新たに雇ったオメガの使用人のことですよね」

いつのもことながら耳が早い。

「秘書として忠告したいって？」

もしアルファが出入りする屋敷にオメガの使用人を置くことがまずいと言いたいのなら先刻承知だ、と突っぱねるつもりでいた。だが、

「友人として」

そう返されては拒否するわけにはいかなくなった。

「大丈夫かと聞いたのは、その子はベータばかりの中に放り込まれて肩身の狭い思いをしてるんじゃないかって意味でもあります」

「新たな環境に身を投じれば、最初は誰でもそうだ」

我慢してもらうしかない。他の使用人も、レイも。

だが、秘書――もとい、友人のハーディは呆れた様子でかぶりを振った。

「それは一般的な話でしょう。端的に言えば、オメガは虐《しいた》げられるってことです。ベータがオメガを疎《うと》ましく思っているのはご存じでしょう？　もちろん全員がとは言いませんけど」

「それは知っている――でも、僕からレイを紹介して、仕事を教えてやってほしいと頼んだんだぞ？」

暗に心配しすぎではないかと告げる。

「なおさらじゃないですかね」

なおもため息交じりの忠告は続いた。

「主人がことさら目をかけているオメガなんて、むかつくでしょ」

「だが、うちの使用人に限って」

「無縁だと？　あなたを世俗に染まっているとか庶民の味方だとか言う者たちは多いですが、そういうところはやはり王族なんだと思いますよ。俺はオメガの妻と暮らしてるからわかるけど、この問題は根深いです」

「――――」

自分自身、オメガを母に持ったことで長子でありながら王太子の座は弟のものになっているとはいえ、こういう類の話とは無縁だった。結局のところ周囲はみなアルファもしくはベータばかりで、オメガとのつき合いがないのだ。

母とすら子どもの頃に数えるほどしか会っていない。

「そうか……そうだな。おまえの言うとおりかもしれない」

なんとかなると軽く考えていたのは間違いだった。ハーディの言うように根深い問題なら、レイが使用人たちに馴染むのは簡単にはいかないだろう。

友人の助言に感謝を示したラシードは仕事を中断し、急ぎの書類のみ手にすると一度屋敷に戻ることにした。それとなくレイの様子を窺うのが目的だったが、帰宅してすぐ出迎えた執事に玄関で確認したところ、思いがけない返答があった。

「先刻、街へ出かけました」

「街へ？」

いったいどうして。危ない目に遭っておきながら、また街へ出かけるなどどうかしている。街になんの用事があるというのだ。

「はい。週に一度、繕いものの御用聞きに行くことになっているそうです」

レイが襲われていた場面やザハルの顔が同時に頭に浮かんできたせいで、背筋がひやりと冷たくなる。

屋敷内で雇ったのはレイを守るためだったのにこれでは台無しだ。

「なぜ許した。屋敷内の仕事があるだろう？」

つい厳しい口調で問う。

「外出の制限があるとは……知りませんでした」

申し訳ありませんと謝罪を受け、自身の理不尽さを悟った。執事に落ち度はない。屋敷で雇えば街へ行かなくてもすむと思い込んでしまった自分の責任だ。

「すぐに誰か街へやってくれ——いや、僕が行こう」

執事に車を回すよう命じる。

もしまた襲われていたら、と厭な想像で頭がいっぱいだった。

だが、その必要はなかったらしい。当人が執事の背後からこちらへ歩み寄ってきたのだ。

「あ……あの」

執事に帰宅の報告にやってきたようだが、不穏な空気を察したのか、レイは戸惑っている様子だ。躊躇《ためら》いがちに近づいてくると、すまなそうに目を瞬《またた》かせた。

「俺が……無理を言って抜けさせてもらったんです。ずっと仕事をもらっていたお得意さんなので、急にやめるわけにはいかなくて」

何事もなく帰宅した事実にほっとするとともに、ラシードは苦い気持ちになる。

レイの言い分は理解できるし、使用人の行動については特に制限しているわけではない。仕事が疎かにならない限り、外出は自由だ。もしレイではなく、他の使用人が街へ出かけたと聞いてもなにも思わなかっただろう。

では、なぜ自分はレイの外出を知って驚いたのか。

厚意を無下にされたと思ってしまった？　せっかく安全な場所を与えたのにと？　レイを雇ったのは彼と彼の息子のためであって、けっして自分のためではなかった。

「すみません。勝手に出たことは申し訳ないと思ってます。そのぶん賃金を引いてもらってもいいので、どうか、クビにしないでください」

叱られるとでも思ったのか、必死で食い下がってくるレイからラシードは視線を外した。

「責めているわけじゃない」

これについては事実だ。怒っているというより心配したから、つい厳しい態度になってしまった。

執事に目線で合図する。執事が去っていったあと、半ば無理やり主人の顔を貼りつけてレイに本題を切り出した。

「ここの仕事はどう？　なにか厭なことや不便なことはない？」

レイは、一瞬、意味がわからないとばかりにきょとんとした表情になる。睫毛《まつげ》を二、三度瞬かせると、すぐに勢いよく首を横に振った。

「ない、です」

レイのことだから、たとえあったとしても同じ返事をするとわかっている。現に、

「いままでに比べたらここは天国です……ラシード王子には、本当に感謝してます」

そんなふうに続けたため、返す言葉を失った。いままでのレイの暮らしがどんなふうだったか、誰にもわからない。知っているのはレイひとりだ。

「あの、それで、王子。部屋のことなんですが、使用人の宿舎はまだ空きませんか」

「……ああ、そのことか」

レイはバドゥルとともに、まだ最初に通した部屋にいる。使用人はみな離れの宿舎に住んでいるため、この問いになるのだろう。

ここに来てからいくぶん改善されたとはいえ、いまだ痩せこけた頬、折れそうな首を前にし

てラシードは答えあぐねる。先刻のハーディの忠告も気になっていた。

「そうだな、きみには今日、たったいまから僕の身の回りの世話をしてもらう」

自分としては最善に思えた提案だが、どうやらこれはレイを戸惑わせたようだ。

「え」

ただでさえ大きな目を見開き、じっと見つめてくる。それほど意外なことを言っただろうか、とあらためて自問すると、確かにそうかもしれないと思ったもののいまさら撤回するのも躊躇《ためら》われた。

「とにかくそうしてほしい。近くにいてもらわないと、きみにもしヒートが起こったとき対処が遅れてしまうだろう。僕には、きみを雇った責任がある」

もっともらしい言い訳をした。

「あ……それは、平気です」

しかし、結果的にレイに厭な思いをさせるはめになった。

「俺、できそこないらしくて、もうずっとヒートがこないんです。俺にとってはそのほうがよかったですけど。だから、たぶんこれからも大丈夫だと思います」

へらりと笑ってみせるレイに、次に発する予定だった言葉を呑み込む。ファイサルから聞いていたとはいえ、実際本人から聞くと、けっして軽々しい話ではないとわかる。なにしろレイが自身の口で「できそこない」と言ったのだ。

「ベータの彼と――」

はっとして唇を引き結んだ。本当にバドゥルはきみの子なのか、ザハルと子どもを作ったのか、と低俗な質問をしようとした自分の短慮さに嫌気が差す。

これほど無神経な質問はないし、そもそもザハルとレイの問題に口出しすべきかどうか、思案するまでもなかった。

幸運にも気づかれなかったようで、小首を傾げたレイにラシードはかぶりを振った。

「なんでもない。部屋については、追々決める」

「は……い」

小さな声で返事をしたレイに、ラシード自身、釈然としない感情が込み上げる。その理由は、かなり前から自認していた。

レイを見ていると、なにかが胸につかえているような気持ちのひっかかりを感じるのだ。それがなんであるか判然としないが、ひとつの疑念がもとになっているのは確かだった。

――ザハルは本当にバドゥルの父親だろうか？

今日、ザハルと正面から向かい合ってその思いを強くした。

彼はレイのことばかりで、我が子であるはずのバドゥルの話を一度もしなかった。普通なら真っ先に気にしてもいいはずなのに、それがないのだ。

「バドゥルの体調は？」

レイもだ。

「おかげさまですっかり元気になりました」

レイも、ザハルに対してよそよそしさがある。その名前を口にするとき、家族に対する信頼がレイからはまるで伝わってこなかった。

とはいえ、嘘をつく理由があるだろうか。

「そう」

頷いたラシードは、世間話の延長でもあるように軽い調子で水を向けた。

「じつはさっきザハルが会社を訪ねてきた。きみはうちで雇ったと伝えておいたが——彼は納得していなかったようだ」

レイの頬がひくりと痙攣する。後ろめたい秘密でもあるかのように。

「バドゥルはまったく彼に似てないな」

失言を装って口にしたのはそのせいだった。

「ああ、すまない。無神経だった」

謝罪したあとも、レイの態度は変わらない。あからさまに顔色を変え、心なしか怯えてさえ見える。

目を伏せたレイは、その後、強張った頬に無理やり笑みを貼りつけようと努力を見せたが、うまくいくはずもなかった。

「……ならザハルのお父さんに似たのかもです。でも、親に似てない子なんてめずらしくもなんともないですよね」

普段はぽつりぽつりと話すレイがやけに口早になる。こういう態度を見せられると、やはり重要な隠し事をしているのではないかと疑ってしまう。

「レイ」

半ば無意識のうちに一歩足を踏み出し、手を伸ばしていた。

びくりと肩を震わせたレイの頬に、一瞬指先が触れる。

でも、それだけだ。すぐに後退り、視線を外したレイは、

「あの……これを部屋へ置いてきてもいいですか」

胸に抱えている布を示した。どうやら頼まれた繕い物のようで、駄目だという理由はない。なにより、不安そうなレイにこれ以上なにを話していいかわからなかった。

「ああ。それを置いたら、僕の部屋へ来てくれ。執事と三人で仕事の話をしよう」

執事の名を出したのは故意だった。ふたりきりではないと言うことでレイの警戒を解こうと

考えたためだが――目礼の後、逃げ出す勢いでレイは去っていった。実際、自分から逃げ出したかったにちがいない。

誰でも隠し事のひとつやふたつあるのに、それを問い詰めようとしてくる男など敬遠されて当然だ。

なぜ身の回りの世話をするように命じたのだろうと、ラシードは早くも悔やみ始める。

いや、問題はそこではない。

自分がレイとバドゥルを特別扱いしているという自覚はある。確かに哀れな境遇に胸を痛め、救いたいという気持ちが強かった。

しかし、それだけだろうか。ふたりのことが気になっているのは。

手元に置いたのは浅はかだったといまさらながらに思う。自身がこんな調子では、レイ本人はもとより他の使用人たちが戸惑うのは致し方のないことだった。

苦労していたレイは、他人の厚意や悪意に対して敏感だ。身の回りの世話を命じたときも、彼は心底驚いていた。

「――熱かったな」

レイの頬に触れた指先に目を落としたラシードは、その手をぐっと握り込む。

ファイサルに指摘されるまでもない。自分のおかしさは、他の誰よりラシード自身が把握している。

その時点で普段とはちがうのは明白だったが、どういうわけか軌道修正しようという思考にも至らず、いまはまだ受け止める以外なかった。


飛び込む勢いで部屋へ戻ったレイは、扉を閉めるとその場にしゃがみ込んだ。はあはあと息を切らしながら、膝に顔を埋めて考えることはひとつ。

「……駄目だ」

いや、もはやまともに考えることも難しい。ラシードを前にすると感情が邪魔をして、自分で自分がコントロールできなくなる。

――バドゥルはまったく彼に似てないな。

なにより怖かった一言なのに、ラシードがそう言ったとき、無性に真実を打ち明けたくなった。

――似てるわけない。だってバドゥルは、あなたの息子だから。

そんなの、口にしていいか悪いかなんて重々わかっているのに。

なんて強欲なのか。自分自身が怖くなるほどだ。

定収入と住居があれば、とそれだけを願っていた。自力ではどうにもできなくて、結局ラシードを頼ってしまったところから揺らいでしまったような気がする。

過分な環境を与えてもらっておきながら、いまの自分はどうだ。

衣食住は足りても、以前にも増して胸が苦しくなって……本当のことをラシードに言いたくなるなんて、これを強欲と言わずしてなんと言おう。

「最悪」

自身へ向かって詰《なじ》る。腹をくくった、覚悟はできた、なんて頭では思っていたのに、いざラシードの前に出るとこのていたらくだ。

おそらく心の奥底にラシードに認めてほしいという欲があって、本人に会うたびにその思いが自然にこみ上げてしまうのだろう。

なんて身勝手な感情だ。

バレてはいけないと心を戒めながら、一方でこんな気持ちを抱くなんて。

これからラシードの傍で使用人として働かなくてはいけないというのに、この調子ではいつまで隠し通せるか。自信がない。

ラシードに会うたびにバドゥルとの共通点を半ば無意識のうちに探してしまうような弱い自

分では、感情に流されてすべてを打ち明けてしまわないとも限らないのだ。

レイは、思わず自身の肩を抱く。

落ち着こうと深呼吸をくり返していると、ばたばたと足音が耳に届いた。はっとし、まさかと思ってドアを開けたところ、やはりバドゥルが廊下を走っていた。

「……バドゥル」

「レイ！」

飛び込んできたバドゥルを抱き止めると同時に、血相を変えてやってくる保育士の姿が目に入る。どうやらバドゥルを追ってきたようだ。

「バドゥル……また」

きっと保育士の言うことを聞かず逃げ出したのだろう。

「先生の言うことをちゃんと聞かなきゃ駄目だって言っただろ。バドゥル、謝って」

なんとか引き離そうとするが、バドゥルはしがみついて離れようとしない。そればかりか、

「やだ。バド、わるくないっ」

めずらしいほど頑なに拒絶すると、わあ、と泣き始めた。

「バドゥル……」

こんなことは初めてで、よほどの事態だと察する。

「すみません。あの、落ち着いたらちゃんと聞いて、先生のところへ行かせますので」

この調子ではなにがあったのか問うのは難しいと思い、保育士に謝罪する。自分としてはそうするしかないと考えてのことだったが、保育士のほうはちがったようだ。

あからさまなため息をこぼした。

「こんなことは言いたくないんですけど、子どもは敏感ですから。特別扱いされているとわかると他の子どもたちから浮いてしまいます」

「……特別扱い、なんて」

誤解だと返したかった。だが、そうする隙もなく保育士は厳しい言葉を重ねた。

「使用人とか言って、あなただけこんないい部屋を与えられているじゃないですか」

「それは……いま……」

宿舎が空き次第とラシードから聞かされている。この立派な部屋は、指摘されるまでもなく自分には分不相応だ。

「だからこそ、その子が自分勝手なふるまいをすると、ラシード様に迷惑がかかるとおわかりですか？　ただでさえラシード様は大事なときなんです」

「……すみま、せん」

消え入るような声で謝った。謝る以外、なにができるというのだろう。

初めからうまく溶け込めるなんて思っていなかった。少しずつ努力をしていけばいつか、と期待していたが、これほど強い反感をあらわにされると、やはり無理だったんだと心が折れてしまう。なによりラシードに迷惑をかけるという事実に打ちのめされる。

自分のせいでラシードを困らせたくない。でも、自分がオメガだという事実はどうしようもないことだ。

それをいくら弁明したところで、保育士も他のみなもきっと信じてくれないだろう。

「部屋は、いま準備してもらっているところです」

いくら言い訳しても無駄だ。案の定、保育士は無言で身を翻すと、足早に去っていった。

泣き続けるバドゥルを抱いて部屋に戻ったレイは、ベッドに腰掛ける。

「バドゥル、なにがあった？　泣いてるだけじゃ、レイ、わからない」

バドゥルを見ていると、自分まで泣きたい気持ちになってくる。路頭に迷うはめになるよりはとラシードを頼ったけれど、こんなふうになるくらいならいっそ娼館に行ったほうがよかったような気すらしてくる。

「レイ……レ……ごめ、なさ……バド、じゃま？」

「え」

だが、バドゥルの言葉に愕然とする。

「なんでそんなこと！　邪魔なわけないだろ！」

即座に否定したものの、バドゥルはいっこうに泣き止《や》もうとしない。

「らって……おまえらけ、ちがうって。ラシド、こまってる、じゃま、って」

「誰がそんなこと」

あまりにショックで思わず問うと、

「みんな！」

ますますバドゥルの泣き声は大きくなる。

励ましも慰めもできず、レイはバドゥルを抱き締める以外なにもできなかった。自身の浅慮を痛感しながら。

自分が頑張ればなんとかなると考えていた。でも、そう簡単にいかないのは子どもも同じだった。親の態度は、ストレートに子どもたちへ反映される。

ラシードにとって邪魔な存在だと言っている親たちの言葉を聞いて、バドゥルにそれをそのままぶつけた子どもたちをどうして責められるだろう。

「ここを、出なきゃ」

今日にでも。

傷つくとわかっていてバドゥルを保育士のもとへ向かわせるなんて自分にはできない。どんなに耐えたところで彼らが自分たちを歓迎してくれる日は来ないのだから。

「レイ、ここをでるの？」

バドゥルが、涙で濡れた顔を上げた。

「うん。ラシード王子が戻ってきたらすぐに伝えるよ」

てっきり喜ぶと思っていたのに、バドゥルが不安そうな表情になる。考え込むように洟《はな》を何度かすすると、かぶりを振った。

「らめ。バド、だいじょぶ。ここにいる」

「なんで」

よもや反対されるとは思っていなかった。

バドゥルは小さな手で胸元をぎゅっと握りしめると、お兄ちゃん、と小さな声で理由を口にした。

「レイ、ラシドといるの、うれしそう。だからバド、ラシドにおにいちゃんになってって、たのむの」

まさかこんなことを考えていたとは。三歳の子に見抜かれていた事実に二の句が継げなくなる。と同時に、どうしても聞き流せない言葉にレイは声を尖《とが》らせた。

「バドゥル。ラシード王子はバドゥルのお兄ちゃんにはなれないんだよ」

「じゃあ、パパ」

予想だにしなかった一言に、愕然とする。狼狽したレイは、反射的にバドゥルの肩を掴んだ。

「そんなこと絶対言ったら駄目！　ラシード王子はパパじゃないっ」

うっかり他人の耳に入ってしまったら——子どもの戯《ざ》れ言ではすまされない。怒りを買い、どんな仕打ちを受けるか、想像するのも恐ろしかった。

「なら、バドのパパはどこにいるの？」

だが、大きな目に見つめられて、レイはぎくりと身をすくませた。

こんなことを聞かれたのは初めてだ。そもそもバドゥルは父親という存在を認識していなかった。

保育室で他の子どもと接して、みなには父親がいるのに、と率直な疑問を抱いたのだと察するには十分だ。

「バドゥルは、レイだけじゃ厭？」

卑怯で、身勝手な言い分と承知で問う。三歳の子に対してぶつけていい言葉ではない。

「……レイだけでいい」

無理強いしたも同然のバドゥルの答えに、息苦しくなる。

早晩バドゥルはいろいろな問題にぶつかるだろう。そのたびに疑問を持ち、ときには打ちのめされる日もあるはずだ。いくら隠そうとしても。どこへ逃げだそうと。

そのとき自分はどうすればバドゥルを守れるのか、なにがバドゥルにとって最善なのか、常に考えてきたつもりだが、いま一度ちゃんと考え直すときがきたのかもしれない。

手遅れになる前に。

――ラシード。

四年前の夜、ラシードから聞いた話を脳内で再現する。これまであえて頭の隅に追いやっていたことを。

――嫡出子はファイサルひとりだ。オメガの母親を持っても、僕や妹のカミーラのようにアルファに生まれた者はいい。王室から金銭的な援助はあっても、母方の血を色濃く受け継ぎオメガに生まれた子たちは王族と認められないばかりか、父親の名前すら教えられずに一生を終える者もいる。いったい何人いて、どこにいるのか僕も知らない。王も知らないだろう。

バドゥルは自分にはあまり似ていない。もっとも顕著なのが目の色だ。ラシードの血を濃く受け継いでいるなら、アルファである可能性は高い。バドゥルの根底にある強さもそれを示しているように感じる。

もしアルファと判明すれば、ラシードのもとでなに不自由なく育ててもらえるだろう。バドゥルに邪魔なんて言う者だっていなくなる。

全部ラシードに打ち明けて、調べてもらえばはっきりする。たとえ最悪オメガだったとしても、これまでどおりだ。

バドゥルとふたり、出ていけばいい。

「…………」

そう思いながらも、自分が躊躇《ためら》っている理由はよくわかっていた。

バドゥルがアルファだった場合、必然的に離れ離れになる。それを考えると身が引き裂かれるようだ。でも、自分がつらいからといってバドゥルの可能性まで奪ってしまうのは——やはり間違っている。

「俺……どうすればいい？」

ラシード。

心中でくり返しその名前を呼びながら、より強くバドゥルを抱き締める。答えを出せないまま考えているうちに、頭のなかがぐちゃぐちゃになってきた。

なにかで掻き混ぜられているみたいに混乱し始めたかと思うと、ゆらりと視界も揺れる。

「レイ？　だいじょぶ？」

「……うん。大丈夫」

心配そうに顔を覗き込まれて、笑みを浮かべる。が、状況は改善するどころかひどくなる一方だ。

はあはあと荒い呼吸をついて体内にたまった熱を逃そうとしてもうまくいかず、レイはバドゥルから身を退く。

いま頃になってバドゥルから風邪がうつったのか。それとも環境が変わったせいか。いずれにしてもこれまで味わったことのない体調の変化に座っているのも難しくなった。

「ごめ、バドゥル。ちょっと横になるから、離れてて。うつると、いけないし」

ラシードの部屋に来るよう言われているのに。これ以上迷惑をかけるわけにはいかない。なんとか動こうとするが、身体はひどく重い。頭のなかも霞《かすみ》がかかったようにぼんやりする。

いまのいままで自分がなにを深刻に悩んでいたのか、それすら曖昧だった。

いったいどうしてしまったのだろう。とうとうベッドに仰向けに転がると、レイはなんとか状況を把握しようと努力する。なのに、冷静になろうとすればするほど、どういうわけか思い浮かんでくるのはあの夜のラシードだ。

優しい手、まなざし。

どんなに名前を呼んでほしかったか。アタなんて、その場限りの名前なんかではなく、本当はレイと呼んでほしかった。

臆病な自分には、たったそれだけのことが難しかった。

慣れたふりでラシードを誘うのが精一杯で、それ以上望んでしまったら悪いことでも起こりそうな不安があった。ラシードが失望したらどうしよう、どうか部屋を出ていかないでと、そのことばかり気にかけていた。

でも……その不安は杞憂で、ラシードはずっと優しくて。

「ラシードは、すごく、優しくて」

堂々巡りになった思考をどうすることもできず、両腕で顔を覆い、肩で何度も呼吸をする。

「……なに？」

すぐ傍で声が聞こえたような気がして、朦朧《もうろう》としつつも口を開いた。

「バドゥル？　ごめ。大、丈夫。すぐ、起きる、から」

そう言ったつもりだが、伝わったかどうか。

「これを飲んで」

水差しの口を唇に押し当てられ、レイは促されるまま水を含み、飲み下した。

水の冷たさに、いつの間にか閉じていた瞼を持ち上げると、どこかで見た憶えのある顔がそこにはあった。

「あ……すみませ……ご迷惑、おかけして」

確かバドゥルを診てくれた医師だ。

「こぼさないで。抑制剤も一緒に飲んで」

抑制剤？　自分には必要ない。できそこないのおかげでこれまで抑制剤を飲まなくてすんだのだ。医師の手で錠剤を口の中へ押し込まれそうになるが、首を振ることでそれを伝える。

「バドゥル、は」

そういえばバドゥルはどこにいるのか。

身を起こそうとしたが、四肢に力が入らずすぐにまた寝転がってしまう。震える手を伸ばした、直後、強い力に掴まれた。

「……ラシード、王子」

これは、四年前の夢か。ラシードはベッドに横になったままの自分を抱きかかえて起こすと、顔を近づけてくる。

「綺麗」

まるで宝石みたいな淡い瞳に見惚れていると、唇が塞がれた。

「う……」

水と一緒に錠剤が喉の奥まで押し込まれる。口を開こうとした瞬間、錠剤は喉を滑っていった。

うなじに添えられた大きな手はそのままに、飲み下したことを確かめているのか舌が口中で

動き回る。

「ふ、ぅんっ」

抑制剤を飲ませるため。とぼんやりと理解したものの、意識は触れ合った唇に集中してしまう。脳天が痺れるような感覚に囚われ、レイは熱い吐息をこぼした。

心臓は痛いほど大きく、激しく脈打っている。ラシードと密着しているところも、いないところも燃えるように熱くて、呆気なく離れたときには名残惜しく感じたほどだ。

いまの口移しのせいでよけいに乱れた呼吸を持て余し、ラシードを見上げる。ラシードの顔が歪んで見えるのは、不明瞭な視界のせいか、それともラシード自身の不本意な行為の表れなのか。

「な……んで」

確かめたかったけれど、すぐにラシードは出ていってしまったせいで叶《かな》わなかった。

唇の熱さばかりを意識して、レイはその後しばらく初めての感覚に苦しむはめになった。


扉を閉めたファイサルが振り返り、険しい表情で糾弾してくる。

「こうなることは目に見えてましたよね。屋敷じゅうに匂いが満ちてて……抑制剤を打っていてもどうにかなりそうです」

どれだけ責められようと、一言の弁明もできない。ヒートがないと言ったレイの言葉を鵜呑みにし、対処を怠ったのは自分の責任だ。

「遅い年齢できた初めてのヒートだからこうまで強烈だと思いたいですけど、もしこれが毎回なら、彼をここに置いておけないでしょう」

ファイサルの言い分はもっともだ。現にいまも、抑制剤を飲ませるという理由だったのにあまりにレイの唇は甘く、ファイサルに引き離されなかったならどうなっていたか、想像するまでもなかった。

いまもレイのもとへ行きたい衝動を抑えるのに苦労している。ラットを抑える薬剤を打っていてさえこの有様だ。

耐えているのが伝わったのだろう、ファイサルが呆れた様子で先を続けた。

「どうやら兄さんのほうがより強く惹かれているみたいだから、いっそのこと彼を愛人にしたらどうです？　まあ、子持ちのオメガを囲うなら、せめて婚儀のあとでないと王が許さないでしょうけど」

これ以上の皮肉はない。王のことは敬愛しているが、半面、多くのオメガと子をなした点については嫌悪している。金銭的な優遇措置を与えているとはいってもそれは言い訳にはならない。正妃を悲しませたのはもとより、多くの愛人たちを使い捨てしたも同然だ。

「何度言わせる。婚約もまだしていないし、僕は――愛人を囲うような真似はしない」

愛するひとはひとりで十分だと、無意味と承知でそう返した。父とはちがうという意思表示でもあった。が、それならどうしたいのか、どうするのがベストなのか。自問しても答えが出ない。

客観的に判断しようと思うのに、レイの匂いがまだ身体の芯にこびりついていて、少しも冷静になれそうになかった。

抑制剤の効きが悪いという点では、ファイサルの言ったとおり自分のほうがよりレイのヒートに引きずられているのだろう。

レイを愛人にしたいわけではない。それは確かだ。

そもそもレイにはザハルとの子ども、バドゥルがいる。ザハルはまだ学生で、親に反対でもされたのか、理由はどうあれ結婚していないとはいえ会社にまで乗り込んでくるくらいなので愛はあるようだ。

では、レイは？

ザハルとレイのことを考えると、胸の奥が焼ける。

「兄さんがどう考えていようと、王は待ってくれそうにないですよ」

ファイサルはそう前置きをしたあと、自分が今日屋敷を訪ねてきた理由を口にのぼらせた。

「王からの伝言です。婚儀の話を進めるから、一度戻ってこいと」

「…………」

何度か挨拶を交わしただけの相手との婚儀を本気で望んでいるらしい父にいまさら失望はしない。失望したこともあったが、もうそんな年齢はとっくに過ぎた。

「早く跡継ぎを得ることは長子の務め、だそうです」

だが、これには失笑を禁じ得なかった。

「王には、おまえがいるだろう」

言外に、都合のいいときだけ長子を持ち出されても困ると告げる。もちろんファイサルにはなんの文句もない。

という以前に、次子でありながら父の、国の期待を一身に受けざるを得ないファイサルには同情すらしている。ファイサルのおかげで自分はこれまで自由でいられたのだ。

それを考えると、父の薦める相手とおとなしく結婚するのは長子としての務めのような気もしてくる。

「それから」

ファイサルの話はそれで終わりではなかった。むしろこちらが本題とも言える。

「レイを雇ったこと、ご存じでしたよ。オメガを傍に置くにしても、素性のはっきりした者にしろと言われてました」

これほど早く父の耳に入ったことに関しては、なんの驚きもない。執事、もしくは使用人の誰かが父と通じている可能性はあるし、それがファイサルだと聞いても納得する。

「そのうち顔を出すと伝えておいてくれ。ああ——さっきは止めてくれて助かった」

ファイサルが居合わせたおかげで衝動に任せてレイに無体な真似をせずにすんだのは事実なので、素直に礼を言う。

本能に任せれば、あとで悔やむのは目に見えていた。

「それを言うなら、すぐに対応してくれたラムジ先生にでしょう」

医師の名前を出したファイサルにそのとおりだと思うと同時に、今後のことをレイとどう話し合おうかと思案する。あの様子では、自身に起こったヒートを受け入れるのにも時間がかかりそうだ。

「ラムジ先生に、継続してレイの様子を見てもらってくれ」

自分の代わりにという意味で頼む。部屋に近づけない以上、致し方ない。

ファイサルはなにか言いたげな様子を見せたが、あえて気づかないふりをすると、あきらめたのか黙って頷いた。

ファイサルが出ていき、ひとりになったラシードは、いまだ熱を持ったままの首筋に手をやる。

抑制剤のおかげで落ち着いてきたが、あの瞬間の出来事は明瞭に身体と感覚に残っている。身体じゅうが熱くなり、脳天が痺れ、一瞬にして理性も思考も吹き飛んだ。粉々に破壊されたのではないかと思うほど強烈だった。

レイが欲しい。

このまま奪ってしまおう。

狂おしいほどの情動だけに支配されたのだ。

オメガのヒートに遇《あ》うのは初めてではないというのに、まるで自制できなかった。自制したいという気持ちすら湧かなかった。

もしファイサルがいなかったならどうなっていたか。

いてくれて助かったのは本当だし、感謝もしているが、別の思いもある。ファイサルがいなかったなら、自分は迷わずレイをベッドに押し倒し、衣服を剥ぎ取り、貪る勢いでこの腕に抱いただろう。

あの細い身体を。

ラシードはぶるりと震えた。

抑制剤は確実に効いていながらなおこんな想像を捨てきれないのは、レイがオメガだからか。それともレイだからなのか。

ただひとつだけはっきりしている。

たとえふたたびザハルが押しかけてきたとしてもレイには会わせない。彼はレイとバドゥルのためにならないから、という以上に、多分に身勝手な個人的感情のせいだとわかっていたが、その考えをあらためるつもりはさらさらなかった。レイにあの男は不似合いだ。

肩で大きく呼吸をしながら、ラシードはひたすらレイの熱いうなじと唇の感覚を追い続けていた。

そのせいで厭になるほど長い間、苦しむはめにもなったのだ。

5

ヒートは、結局、五日でおさまった。

抑制剤の効果は覿面《てきめん》で、初日こそ難儀をしたものの以降は飲んで十分もすればずいぶん楽になり、日常生活に支障がない程度には状態も改善するようになった。

どうやら自分がヒートの間、ラシードも抑制剤を打つ必要があるらしい。ラットの抑制剤はより即効性のある注射だというが、つまり、お互い薬の力を借りればなんの問題もなく過ごせるというわけだ。

——たぶんまだ不安定だと思うから、常にこれを持ってるといい。

ラシードに言われたとおり抑制剤の入ったピルケースを持ち歩くようになったのは、最初の日の出来事が尾を引いているせいだった。

朦朧としていたとはいえ、記憶はある。混乱してうまく錠剤を飲めなかった自分に、ラシードが口移しで飲ませてくれたこと。

ラシードにしてみれば、面倒事を早急に片づけたかっただけなのかもしれないが、自分はちがう。

夢のようだった四年前の体験が急に実感をともなったものになり、気がついたら唇を指で触ってしまうような始末だ。

四年前の一度めを除いて、これまでヒートとは無縁だったのに、なぜ突然こうなったか。単にひとより遅かっただけなのか、理由はわからない。

医師は、生活が整ったために自律神経が安定したのだろうと話していた。

だが、もうひとつの可能性、もしかしたらラシードの傍にいるからではないかと思い至ったのは自分にしてみればごく自然なことだった。

「いってらっしゃいませ」

玄関で、執事とふたり並んで仕事に向かうラシードを見送るのももう何度目になるか。上等なカンドゥーラを身につけたラシードは品と威厳があり、見惚れずにはいられない。

「レイ。少し頬が赤いんじゃないか？　熱は？」

出かける直前で、顔を覗き込まれる。平静を装おうにも、じっと見つめられると内心を見透かされたような気がしてどうしても視線を合わせているのが躊躇《ためら》われ、いやがうえにも俯いてしまう。

「ない、です」

ヒートが長引いているのではとラシードが訝《いぶか》るのは無理からぬことだ。レイ自身、浮ついている感覚はあり、いつまたぶり返すかと不安があった。

ポケットの中の抑制剤に手をやりつつ、平気ですと答えると、やっとラシードが身を退いた。

「ならいいが。自分で周期を把握できるまで、気をつけるといい」

「……はい」

「じゃあ、僕は行くけど、なにかあったら電話して」

その言葉を最後にカンドゥーラの裾をひるがえしてラシードが出ていく。その姿を網膜に焼きつけながら、レイはもう何度もそうしてきたように、ヒートになった日のことを脳裏によみがえらせた。

あのとき自分は、バドゥルを手放そうと考えていた。もしアルファだったなら自分がしがみついていると、バドゥルのためにならないような気がしたのだ。

いまもそれは、頭の隅に引っかかっている。ようは勇気が出ないから、行動には移さず無駄に数日を費やしてしまっているにすぎない。

ラシードの反応が怖い。バドゥルと離れ離れになるのが怖い。その瞬間を想像しては怖ろしさに震え、切り出せないまま十日がたった。

自己嫌悪に陥るには十分で、日々自身の臆病さに打ちのめされてもいるのだ。

「仕事、しなきゃ」

せめて役に立たなければと、今日やるべきことを頭のなかで並べていく。

主な仕事はラシードの部屋の清掃だ。

主寝室に書斎、居間等のみならず、室内にあるシャワーブースの掃除、衣服の確認、ベッドメイク等もそこには含まれる。まだ慣れないため、集中してひとつひとつこなしていくと一日じゅうかかり、それも実行できない言い訳になっていた。

「すみません。繕いものを届けたいので、お昼休みに街へ行ってもいいですか」

立ち去ろうとした執事に断る。身の回りの世話係を務めるにあたって、無断で屋敷から出ないようラシードに厳命されているためだ。

「承知しました。では、車を呼びましょう」

それでも執事の返答には面食らい、即座に辞退する。繕いものの仕事で得るわずかばかりの賃金のために車を使うなど、考えられなかった。

「バスを使うので、大丈夫です」

どんなに距離があろうと歩く以外の移動方法がなかったこれまでと比べれば、バスでも十分贅沢だ。しかし、

「私がラシード様に叱られます。あなたが外へ出るときは車を使うようにと指示されていますので」

執事の困った様子に固辞するのも躊躇われ、不承不承受けるはめになった。

「……すみません」

執事に勧められるまま、到着した車に乗る。目的地まで歩けば数時間かかる道程を車の後部座席で過ごす間、レイは身の置き所がなくて肩を縮めていた。

「すみません。ありがとうございます」

目的地の近くで降りると、待つという運転手の申し出を断り、路地を歩いて向かった。つい数日前まではよく行き来していた場所なのに、なぜかひどく懐かしい感じがすると同時に心許なさも覚えた。

そのわけは明白だ。

きっと自分は、ラシードの傍で安心しているのだろう。もちろん屋敷内では常に緊張感を持っている。慣れない場所、仕事、他の使用人たち、なによりラシードの存在に気が張り詰めているのだ。

一方、まったくそれらとは別の意味で、ラシードの傍にいれば自分もバドゥルも大丈夫という安心感がある。初めて心から頼れる相手が目の前にいるのだから、これればかりはどうしようもないことだった。

無事に繕い物を渡したレイは、帰りはバスにしようと決めてバス停を目指して歩く。

「あ、お兄さん。恋人に花をどう？　きっと熱い夜が過ごせるよ！」

以前も声をかけてきた花屋の店員に呼び止められた。あのときは、自分の身なりを確認するや否や「物乞いのガキか」と鼻であしらわれたけれど、今日は笑顔で店内へと誘ってくる。

「ほら、お兄さんにぴったりの可憐な花ばかり。安くしとくよ」

店員の言ったとおり、店の中は眩しいほど鮮やかな花であふれている。目移りするほどだ。店じゅうに甘い香りが漂っていて、思わずレイは口許を綻ばせていた。

妙な心地だった。自分は自分。ベータになったわけではないし、中身はなにも変わらないのに相手の態度はまるでちがう。

オメガであるという以前に、印象がいかに大事なのか、身をもって実感する。

「あの、一本だけ買えますか？」

繕い物で得た小銭の入った鞄へ手をやる。使用人になった際に前払いで多すぎるほどの支度金をもらっているが、花は自分で得たお金で買いたかった。

「もちろん！　どれがいいですか？」

愛想のいい店員に招かれるまま恐る恐る奥へ入ったレイは、繕い物で得たお金全部を使って一輪のひまわりを手に入れる。

今日、ラシードが帰ってきたときに渡すつもりだった。

自分たちを助けてくれたお礼。迷惑をかけたお詫び。なによりラシードに初めてのプレゼントをしたいという気持ちが大きかった。

ひまわりを手に花屋を出たレイは、ふたたび先を急ぐ。ひまわりを渡す際のことを考えて早くも鼓動が速くなっていた。

ラシードは受け取ってくれるだろうか。ラシードはすべてを持っているし、高価な贈り物もあとを絶たない。

ひまわり一輪なんて、彼にとっては取るに足らない雑草みたいなものだろう。わかっていても、いまの自分の精一杯の気持ちを込めて渡したいという気持ちには抗えなかった。

バス停が見えてくる。歩みを早めたレイだが、すぐ傍に車が停まり、そちらへ目を向けた。

見たことのある車だ。確か――。

それがスハリ家の車だと思い出したのと、運転席のドアが開いたのはほぼ同時だった。

「……ザハル」

懐かしさからレイはザハルにほほ笑みかける。別れの挨拶もしないままになったが、優しいザハルのことだからもしかしたら案じてくれていたのかもしれない。

ザハルにはおかしな噂が立ったことを謝りたかったし、近況も伝えたかった。

「ザハル。なにも言わずに出ていってごめん。お金も返さなきゃいけないのに……じつは、ちようどバドゥルが熱を出したから、俺――」

「レイ」

ザハルは静かな笑みを浮かべ、車を指さす。

「話は車の中で。乗って。送っていくよ」

「え、あ……」

ふと、ラシードの顔が思い浮かぶ。ラシードはザハルがバドゥルの父親だと思っている。ザハルに送ってもらったと知ったら、けっしていい気はしないはずだ。父親の義務を怠っているると、ザハルに対して思っているふしがある。すべて嘘をついた自分のせいだが。

「ありがとう。でも、バスで帰るから」

そう返事をし、再度ごめんと謝った。そして、バス停のあるほうへと目を向けたとき、

「レイ」

耳のすぐ傍で聞こえた低い声に違和感を覚え、身を固くする。なぜかザハルの表情は満足げに見えた。

「ザハ――」

次の瞬間、首に硬いものを押し当てられたかと思うと、突如痛みに襲われた。

「うあ」

脳天まで電流が駆け抜け、全身痙攣《けいれん》する。視界が遮断され、地面に膝から崩れ落ちた。

「ひ……まわ……」

真っ暗な闇の中へ放り込まれる直前、レイが心配していたのは手から滑り落ちていったひまわりのことだった。

黄色い花の残像が網膜に焼きつき、意識を失う直前までそればかりを追っていたような気がする。

目が覚めたのは、ひどい頭痛のせいだった。まるで泥が纏わりついているかのようにどこもかしこも重くて、吐き気もある。もしかしたらスタンガンのみならず、なにか薬物でも使われたのかもしれない。

それでも、貼りついてしまった瞼をなんとか持ち上げると、どうやら自分は車の後部座席に転がされているらしいとわかった。

運転席にいるのは――ザハルだ。

「ザハル……どうして」

窓の外はすでに薄暗く、ぽつぽつと街灯の明かりが目に入る。ナビの繁華街から離れたのだろう、見慣れない景色にレイは愕然となった。

「やあ。起きたね」

反して、ザハルは普段どおりだ。自分の知るさわやかな大学生そのものの雰囲気のまま、運転の傍ら話しかけてくる。

「ごめん。ちょっと乱暴な手段になってしまったけど、こうでもしないとレイをあの男から救い出せないから」

この一言でザハルの目的を悟る。ザハルは、勘違いしているのだ。

なんとか身を起こそうとしたレイは、自身の異変に気づく。両手首は結束バンドで固定されて、これでは本当に拉致も同然だ。

「俺はあの屋敷に住み込みで雇われてるだけ。仕事を抜けてきているから、帰らないとクビになったら困る」

できるだけ刺激しないよう心がけつつザハルに話しかける。いくら他に方法がないといってもスタンガンを使ったうえに両手を拘束するなんて、やはりどう考えてもおかしい。

「それに、バドゥルだっているし、俺――」

「レイ！」

言葉をさえぎる勢いで名前を呼ばれ、びくりと肩が跳ねた。ザハルは苛立ちもあらわに、喉の奥で唸《うな》った。

「せっかく救ってあげたのに、その言い方はないだろ。子どもが気になる？　子どもならこれからいくらでも作ればいいじゃないか。レイと俺で」

「……っ」

俄《にわか》には信じがたい言葉に衝撃を受け、頬が引き攣った。以前はバドゥルを気にかけてくれたザハルがよもやこんな言い方をするなんて……。

拘束された両手でドアレバーを引くが、ロックがかかっているらしく音がするだけでドアはびくとも動かない。

ザハルは本気だ。本気で救ったと思い込んでいる。

「ザハル。なんでそんなこと。バドゥルは俺にとって大事な息子なんだ。俺が帰らなかったらバドゥルは悲しむ」

父親が誰かも知らず、母親に捨てられた自分と同じになってしまう。そんな思いだけはさせたくない。

「お願い。俺を帰して。そしたら、別の日にまた話し合おうよ」

なんとか宥めようとしても、ザハルはまるで聞く耳を持たない。知らん顔して車を走らせながら、ふふ、と笑った。

「南の方にアルファのいないタルハっていう街があるって聞いた。ベータとオメガだけが仲良くくらしていける場所が。そこへ行けば、もうなんの心配もないよ」

「そこは……」

どうやら楽園はなかったのだと思わぬところで知る。自分が耳にしたタルハ地区はオメガが不自由なく暮らせる場所だった。

きっとベータもオメガも、それぞれがタルハという空想の楽園を作り出して、憧れを抱いていたかのようだ。

「ザハル。そんな場所はないよ。仮にあったとしても、俺は行かない」

「俺は女の子が欲しいな。きっとレイと俺の娘ならすごく可愛い。誰にも邪魔されない、幸せな家族になるんだ」

「……ザハル」

なにを言ったところで無駄と察する。ザハルは幸せな家族と言うが、それは彼自身の幸せであって自分やバドゥルのことなどどうだっていいのだ。

「俺は」

レイは大きく息を吸った。通行人がいないことを確認し、息を吐き出すと同時に身体に力を入れてハンドルめがけて飛びかかった。

「俺の家族のところへ戻るんだ！」

そう叫んで。

腕を使ってハンドルを切る。わあとザハルが声を上げた。車は大きく曲がり、スピードを保ったまま街灯めがけて突っ込んでいった。

「離せっ」

衝撃を覚悟して身構えたレイだが、そうはならなかった。その前に急ブレーキがかかり、停車したのだ。

反動で後部座席に勢いよく転がる。こちらへ伸びてきた手から身体を捩って逃れ、レイは外へ届けと大声を出した。

「絶対にバドゥルをひとりにしてたまるかっ。俺はバドゥルのもとへ帰る。ザハルとは行かない！」

誰かが異常事態に気づいて通報でもしてくれないかと一縷《いちる》の望みを抱き、喚《わめ》き散らす。窓ガラスを縛られた両手で思い切り叩きながら。

痛みなんて気にならない。

「俺を降ろして！」

だが、ザハルの手にあるスタンガンにぎくりと身をすくませる。

「おとなしくしろ。さもないとまたこれを使う」

「……ザハル」

自分に選択肢はなかった。意識を失ってしまえば、隙を見て逃げるどころか、ザハルを説得することすら不可能になるのだ。ちゃんと冷静になって、思考を巡らせて、バドゥルのもとへ帰ること。

自分がやるべきなのはそれだけだ。

「また運転中に危ない真似《まね》をしないよう足も拘束させてもらうよ。レイが悪いんだからな」

これも黙って受け入れる。落ち着け、落ち着けと心中で自身を鼓舞しながら。

その後もバドゥルは車を走らせ、到着したのは簡素なモーテルの一室だった。室内にあるのはベッドとドレッサーのみで、今度はベッドヘッドに両手を繋がれる格好になり、不安感が募っていった。

「……帰して」

ザハルには自分の声は届かない。なにを言っても無視される。これでどうやって説得なんてできるというのだ。

こんなに遠くまで来てしまって、本当に自分は帰れるだろうか。ラシードはいま頃、子どもを放り出した無責任な親だと呆れていないだろうか。

ああ、きっとこれはラシードにバドゥルを預けようなんて考えたせいだ。バドゥルのためだとしても、捨てようとしたことと同じで……だからこれはその罰。

「思ったんだけど」

ベッドの周りを歩き回っているザハルが、一度立ち止まり、こちらを見下ろしてきた。

「レイは変わったよね。ちょっと小綺麗な格好をして、食べるものに困らなくなってからって普通になったつもり？　レイみたいなオメガは誰もまともに相手にしてくれないよ？　慰み者にされて、捨てられるのがせいぜいだ」

ひどい言葉で貶《おとし》められたが、いまさら傷つかない。自分にとって大事なのはザハルではなく、バドゥルなのだ。

「こんなこと、意味ない。俺はなんとしても戻るから」

不自由な身体の代わりに、せめてもと睨みつける。

「レイって見かけによらず頑固だよな。まあ、そこも健気《けなげ》に思えたんだけど」

ふいに、ザハルが手を広げてそこにあるものを見せてきた。ラシードに持たされたピルケースだ。

「それ……」

「ポケットに入ってたこれ、抑制剤だろ？　レイ、ヒートが来たんだ」

その質問には答えず、黙り込む。

構わずザハルは言葉を繋げていく。

「で？　あの男を誘ったのか？」

無言のまま、小さく首を横に振る。だが、どうやらザハルは気に入らなかったらしい。

「あの男に股を開いたのかって聞いてるんだ！　発情して、やったんだろ？　すっかり騙されたよ。レイも結局はアルファとやることしか考えてなかったってことだ」

ぐっと胸元を掴まれる。

痛みに喘いだが、容赦なく爪も立てられた。すでに自分の知っているザハルではない。

「だから……なにもしてないっ」

「また騙《だま》す気か！　やったって、正直に言えよっ」

「……てな……っ」

「まだ嘘をつくのか」

「……うぅ」

これは質問でも確認でもなく、糾弾が目的なのだ。唾を飛ばして詰ること、それ自体が目的なのでザハルは肯定しか求めていない。

「まあいい」

胸から手が離れた。痛みから解放されて一息つく。しかし、これで終わりではなかった。

「じつはさ、裏で売買されてる促進剤っていうのもあってさ。不安定な薬だし、個人差もあってどれくらい効くのかわからないらしいんだけど」

「促進……剤？」

「レイはどうかな」

すぐにはザハルの言葉の意味が理解できなかった。いや、いくら考えても理解するのは難しい。促進剤が本当にあるとして、ザハルはなぜそれをいま説明するのだろう。

急に怖くなり、レイは身体を震わせた。車中で目覚めたときから感じている倦怠感《けんたいかん》はいまも残っていて、徐々にひどくなっている。

なんらかの薬物を使われたのかもしれないと思ったが——。

「まさか、ザハル……俺に」

最後まで聞く前に全身に鳥肌が立った。かと思うと、急激に動悸《どうき》がし始める。どっ、どっ、と心臓の音が部屋じゅうに響き渡っているような錯覚に陥った、と同時に身体の毛穴が一気に開いて汗が噴き出してきた。

「なに……」

息苦しい。熱い。自身の熱で視界が赤く染まる。

ラシードの屋敷で先日初めて味わったヒートに似ているが、それとはまったく別物だ。身体の内側でなにか粘り気のある虫でも這い回っているかのような気持ちの悪さがこみ上げる。

「うぅ……はぁ、はぁ」

なんとか熱を外に出したくて荒い呼吸をくり返すが、どうにもならない。

「アルファの理性を粉々に打ち砕くっていうくらいだから、きっとすごいんだろうね。オメガのヒート。残念ながらベータの俺はなにも感じないけど」

身を捩って苦しむ自分を、ザハルは面白そうに眺めている。どうしてこんな目に遭わされるのか、こうなってもまだわからない。

「……どう、して」

何度目かの問いに、ザハルが表情を一変させた。

「おまえが俺を拒絶して、あの男のもとへ行ったからだろう！　優しくしてやったのに、恩知らずのオメガめ！」

「……ザハル」

地団駄を踏むザハルに、そうかと納得する。オメガだから、だ。

ザハルは優しい青年だ。オメガの自分にも親切にしてくれた。それは自分が弱い人間だからで、そんな人間に断られたという事実は彼のプライドを傷つけたのだろう。ベータとしてのプライドを。

「レイ」

ふたたびザハルの声が穏やかになる。

「俺は平気だけど、きみはつらいんだろう？　助けてあげるよ。ただし、きみからねだってくれたら」

「い……やだ」

かぶりを振って拒む。ザハルの言ったとおり強制的に起こされたヒートは、肌に触れる空気にすらびりびりと反応してしまう。体内からなにかが漏れ出すのを懸命に耐えなければならなかった本来のヒートとはまるでちがい、強引に身体をこじ開けられて、心臓を鷲掴みにでもされているみたいな感覚だ。

汗だくになり、荒い息をつきながらレイは唇に歯を立てる。そうしながらラシードの姿を脳裏に思い浮かべていた。

ラシードは自分が逃げ出したと思っているだろうか。使用人の仕事が厭で、バドゥルを捨ててひとりで逃げたと。

いや、きっとラシードはそんなふうには思わない。言葉にはされなかったが、オメガの母親や兄弟の行く末を案じているようなひとだ。きっといま頃なにかあったかもしれないと心配しているにちがいない。

ラシードの手に抱き寄せられたときのことを思い出す。四年前、そして先日。どのときもラシードは、自分をまっすぐ見つめてくれた。

「……シード」

ラシードの顔を思い描いていると、心なしか感覚がやわらいだような気がした。ベッドで身を縮めて記憶を辿《たど》っていたレイだが、

「強情なんだな」

強い力で肩を押さえつけられ、記憶のなかですらラシードにすがるのは許さないとばかりに現実に引き戻された。

「俺には指一本触られたくないって？　そんなにアルファがいいのか」

ザハルは勘違いしている。アルファがいいわけではない。

「ちが……」

ラシードがいいのだ。

なにもなかったひとりぼっちの自分に、バドゥルという宝物を与えてくれたラシードが。

なにも持たない自分にとって、ふたりの存在がすべてなのだから。

「……俺に、は」

苦しさに喘ぎながら、レイは譫言のようにずっとラシードとバドゥルの名前を交互に呼び続けていた。

それだけを拠《よ》り所にして。


「なぜひとりで行かせた」

執事を責めるのは筋違いと承知で、玄関ホールでラシードは怒りを堪えられずに声を荒らげた。帰宅するや否や街へ行ったきりレイが帰ってこないと執事から告げられた瞬間、背筋が凍った。

真っ先にザハルの顔が浮かんだが、危険なのはあの男ひとりではない。オメガは狙われやすいし、現にレイには襲われかけた過去がある。

「……いや、僕のせいだ」

ザハルが事務所を訪ねてきたとき、信頼できない人間だと思ったにもかかわらず、レイに護衛をつけずにいたのは自身の落ち度というしかない。レイが街へ行くのを禁じなかったのも、結局のところ物分かりのいい主人のふりをしたにすぎないのだ。

しかもレイは、ヒートが終わったばかりだった。

「あんな身体で……」

激情に任せ、壁をこぶしで殴る。後悔と自身への憤怒のためだが、

「あの、自らの意思でいなくなった可能性は」

ぼそりと呟くような保育士の一言は到底許せず、不快感から顔を歪《ゆが》めた。

「言っていいことと悪いことがある」

幸いバドゥルは別の保育士に任せてこの場にはいないものの、こういう考えは子どもにきっと伝わる。

自身以上に大事にしているバドゥルをレイが置いていくなど考えにくいし、なにより逃げ出すような人間かどうかレイを知っていればわかることだ。

「……申し訳ありません」

保育士はすぐに撤回する。

しかし、悠長に待っている場合ではなかった。レイが屋敷を出てからすでに五時間余り、執事が警察に連絡してからはもう一時間がたつという。

友人にでも会っているのかと思ったと言った執事は責められない。レイの行動を知らないのは、自分にしても同じだ。

探しに行きたくてもいったいどこをどう探せばいいのかまったくわからないのだ。

困窮者に手を差し伸べる際、相手の素性を根掘り葉掘り聞くことはしない。彼らは総じて他

人には言えない過去を持っているので、傷口を抉《えぐ》るはめになるからだ。

だが、レイには聞いておくべきだった。

他の者たちとはちがい手元に置くと決めたのだから、ちゃんと話をすればよかった。

ひとりでどうやって生きてきたのか。バドゥルの父親は本当にあの男なのか。

玄関ホールに機械音が鳴り響く。はっとしたラシードはそれが電話の着信音だと気づき、自ら受話器を取り上げた。

警察からかと期待したのが間違いだった。間の悪いことにかけてきた相手は父王だ。

「すみません。取り込んでますので」

一言で切ろうとしたが、そううまくはいかなかった。

『まさか使用人のオメガがいなくなったから、とは言わんよな』

父王の直截《ちょくせつ》な言い方はいつものことだ。レイが行方知れずになったのを知っていることについても驚きはない。大方警察の誰かが父王の耳に入れたのだろう。

黙って聞き流したラシードだが、

『くだらんことで騒ぐな。使用人が必要なら代わりを雇えばいいだけだ』

この一言には冷静な対応などできようはずもなかった。

「立派な王であるあなたならそうでしょう。なんでも金銭で解決する。たとえ我が子であろうと」

どうやら皮肉は通じたようだ。

父はひとつ息をつくと、困った奴だと言いたげな口調で先を続けた。

『いいか。オメガに生まれた者は王族とは認められない。私ではなく、国民にだ。私の父も祖父も曾祖父も、さらにその前の王たちもみなそうやってきたのだ。それに、十分な額は支給されている』

なんて心に響かない言葉だろう。

父と話していると、心が冷えていく。

「ご高説のおかげでずいぶん落ち着きました」

受話器越しにため息が聞こえた。おそらくいま父王は、相変わらず不肖の息子だとうんざりしているにちがいない。

『私に反感を持つのは結構だ。しかし、自分の務めは果たさなければならない。貿易会社なんかにうつつを抜かすのもいいが、おまえには王太子の右腕としての重要な責務があるだろう』

これに関してもいまさらだ。

「陛下への反発から仕事に熱を入れているわけではありません。僕は自分の手で――」

そこで言葉を切ったラシードは、既視感を覚えて考え込む。以前、似たような会話を誰かとした。十九のときに会社を作った。しばらくは入れ込んでいたもののつまらなくなって、いまは名前だけを貸したまま友人に任せきりだ、と。

数年前のことだ。

あれは、誰とだ？

記憶を辿り——唐突に思い出す。そうだ。偶然街で会った、小さくて細い子。頼りなさに見ていられず思わず救いの手をの伸ばしたものの、そのときはけっして下心からではなかった。名前は——アタだ。大胆に誘ってきたのに、恥ずかしがり屋のアタは前髪で顔を隠していたばかりか、常に俯きがちだった。

ベッドでも同じで、灯りを厭がり、ひどくぎごちなかった。口でなんと言おうと彼が慣れていないのは明らかだった。

きつく抱いたら折れてしまいそうに頼りなかったアタ。

静かな笑い方が切なくて、また会おうと今度はこちらから誘ったが、眠っている間にアタは消えていた。

会おうと思えば、いつでも可能なはずだ。ラシード自身はその後も街に通っていたので、その気にさえなれば見つけるのは容易《たやす》かっただろう。

反して、アタが二度と現れなかったのは、彼の意思にほかならない。上客でも見つけたのだろう、そんなふうに思い、どこか苦い気持ちになったのを憶えている。

アタの言葉だけがやけに耳に残った。

――そのお金って、あなたが働いて稼いだものじゃないですよね。そんなお金、俺はいらない。余ったパンをくれたら十分。

もし次に会ったときにはちゃんと自分で稼いだお金だと言おう、そう思ったから会社を一から立て直すことにした。任せていた友人はやっと肩の荷が下りたと喜んでくれ、いまは秘書として力を貸してくれている。

自分が考え方を変えたのは、彼がきっかけだ。

アタ。

顔や身体を脳裏に思い描く。なにもかも、いまだ明瞭に思い出すことができる。

「……レイ。きみが」

当然だ。これほど身近にいたのだから。

「レイは……なぜ言ってくれなかった」

ちがう。そうではない。言えなかったのだ。あのとき自分はオメガに生まれた兄弟の話をした。レイにしてみれば、王や王族はオメガを使い捨てにする非道な人間だろう。

自分を含めて。

「僕は……なんて愚かだったんだ」

自分はいままでなにをやっていたのだろう。なぜもっとちゃんと考えなかったのか。疑うチャンスはいくらでもあったのに。

レイを前にすると、常になにかが引っかかっていたのに。

「ラシド！」

バドゥルが廊下を駆けてきた。連れ戻そうとする保育士を制し、ぶつかる勢いで腕に飛び込んできたバドゥルをラシードは抱き上げた。

「レイは？　レイ、いなくなったの？」

涙をいっぱいに溜めて問うてくる幼子の真摯《しんし》な瞳をまっすぐ見つめる。淡い色の目に、以前から抱いていた疑心は正しかったと確信する。

バドゥルの父親はザハルではない。

「僕だ」

父王から譲り受けた自身の瞳の色を、バドゥルも引き継いだのだ。

まるで霧が晴れたような感覚だった。自責の念はあるが、あのときのアタがレイだったという事実のほうが重要だ。いや、それすらいまはどうでもいい。レイを見つけて、一刻も早く取り戻さなければ――。

「レイは僕が必ず見つけるよ。大丈夫。すぐに会える」

「ほんと？」

「ああ、約束だ」

安堵の表情を見届けてから、丸い頬に口づけるとあらためて受話器の向こうの父王に向き合った。

「申し訳ありません。さっきも言ったように取り込んでいるので電話を切ります。レイを連れ戻さなければならないので」

警察のみでは足りない。あとでどれほどの罰を受けようと、王の長子という立場を利用して使えるものをすべて使うつもりでいた。

『おまえは――まだそんな戯《たわ》けたことを！』

罵倒が耳をつく。構わず切ろうとしたが、直前にバドゥルが声を上げた。

「レイをつれてきて。バド、レイがだいすきなの！」

子どもの訴えに心を動かすような父王ではないとわかっているが、もう迷いはない。大切なのは、バドゥルも自分もレイを心から案じていることだ。

『こちらは私に任せてください。きっと王は総動員して彼を探してくれるはずですから』

唐突に、ファイサルの声が割り込んだ。

意外な援護に面食らっていると、ファイサルはさらに言葉を重ねる。

『王族の血を引く子の頼みを無下にはできません。親である彼に万が一のことでもあれば、我々の恥です』

「……ファイサル」

『やっと気づいたんでしょう？　案外鈍いですよね。兄さんとその子、よく似てるのに』

ファイサルの言うとおりだ。今日、いまのいままで少しも気づかなかった自分は、鈍いなんて表現では生易しいほど鈍感だった。レイに無神経な発言をいくつもした。

ザハルに対する不信感と嫉妬で目が曇っていた自身の愚かさをあらためて痛感する。

「そっちはおまえに任せる。頼んだぞ」

その言葉を最後に電話を終えたラシードは、

「必ずレイと一緒に戻ってくるから」

再度バドゥルに約束すると、保育士に預けて自身は屋敷をあとにした。たとえ警察と衛兵が総動員で対処しようと、ただ漫然と待っている気はない。

今度こそレイと向き合い、あの夜の続きを始めるのだ。

話せなかったこと。知らずにいたこと。できなかったこと。

すべて一から。

全身を真綿で締めつけられているかのごとき苦しさにベッドの上で身悶えしていたレイは、他人の気配をすぐ傍で感じて、短い呼吸をつきつつそちらへ視線をやる。

「……ザハル」

一度出かけたザハルが戻ってきたのだとばかり思っていたけれど、自分を覗き込んでいたのはひとりではなかった。

ザハル以外にも見知らぬ男がふたり。

薄笑いを浮かべている彼らに助けを求めても無駄だというのは、まともな状態になくてもすぐに察せられた。

「俺ひとりじゃ物足りないみたいだから」

さもそれがおまえのためだとでも言いたげに、ザハルが肩をすくめる。最悪の状況だと思っていたが、自分が想像し得ないさらに悪い事態は起こるものだと突きつけられる。

「……ザハル」

いったいどこから自分は間違ってしまったのか。無意味と知りつつ回らない思考を懸命に巡らせる。

「うわ。仕上がってんなあ。促進剤盛られたオメガ、俺、初めてだな」

ひとりの男が嗤った。

「ああ、俺も。オメガっていいよなあ。発情してればアルファが寄ってくるんだろ？　ナンパする必要ないし」

もうひとりも同意する。

ふたりの口から出てきたオメガという言葉に、レイは自嘲せずにはいられなかった。

どこから、ではない。初めから間違っていたのだ。オメガに生まれた時点でこうなることは決まっていて、そんな自分がまともに子どもを育てられるなんて考え自体、誤りだった。

母親にすら捨てられた自分が……。

「多少理性が残っていたほうが、よく味わえていいんじゃないかな」

ザハルが半笑いでふたりに言う。

そして、腰を屈めて顔を近づけると、耳元に唇を寄せてくる。

「近くのクラブで誘ったんだ。アルファのほうがいいだろうけど、ごめん。アルファには出会えなかった。でも、失望しないで。彼らヒート中のオメガにすごく興味があるみたいだから」

ザハルがなにをさせようとしているのか問うまでもない。恐ろしい一言に、がちがちと奥歯が音を立てる。

「い、やだ……っ」

なんとか思い留まってほしくてわずかな望みをかけてザハルに視線で懇願するが、一瞬で打ち砕かれた。

「たっぷり可愛がってもらうといいよ。厭ってほど注いでもらったらきっと子どもができる。ああ、心配しなくても俺、ふたりの子どもとして大事に育てるから」

「……ザハル」

信じられない思いだった。ザハルはバドゥルの代わりを欲しているのだ。血の繋がらない子どもでも自分はうまくやれると証明するために。

「さあ、どうぞ」

まるで夕食にでも誘う気軽さでふたりを促すザハルに、絶望に襲われる。

「ちょっとは抵抗してほしいからなあ」

その言葉とともに両手の結束バンドが外された。即座にベッドを這って逃げようとしたけれど、両足首を掴まれてもとの位置まで引き戻される。

「ほら、頑張れ。っていっても無理か。発情してんなら、厭だって口では言いつつむしろ股開いて歓迎しちゃう感じ？」

あっという間に裸にされる。下着も剥ぎ取られ、見知らぬ男たちに全裸をさらすはめになる。

「細っ。ていうか、勃ってねえし。だらだらこぼしてんのかと思ったのにさあ」

残念そうにそうこぼした男に、

「あれだろ。ヒートなんだから孔だろ。濡れ濡れで疼きまくっててんじゃないか？」

もうひとりはそう答えるや否や、それを確認しようとする。いとも簡単に身体を返され、うつ伏せにされたレイは喚《わめ》き、力を振り絞ってちぎれんばかりに手足を振り回したつもりだが……実際はたいした抵抗にはなっていなかった。

それを証拠に脚を割られる。片方を持ち上げられ、後ろをあらわにされる。

「は……なせっ……触、なっ」

こみ上げてくる恐怖心や嫌悪感を堪え切れずに嘔吐《おうと》したが、相手はそれすら気にする様子はない。

「なんだよ。閉じちゃってんじゃん。すっげえエロいことになってんじゃないのかよ」

「まあ、それだけ慣れてないって思えば」

「子持ちオメガが？　ありえねえ。ハメまくってるだろ」

「奇跡的に身持ちが堅いのかもしれねえじゃん」

そう言うと、一方は自身も裸になる。

「奇跡的ねえ」

もうひとりも身につけていたものを脱ぎ落としたが、そこへ焦《じ》れた声が割り込んできた。

「さっさと始めてくれないかな」

どうやらザハルは昂揚しているようだ。上擦った声で男たちを促し、その手をこちらに伸ばして髪を撫でてきた。

「早くっておねだりしたら？　早くほしいよな」

ひどい言い様とは裏腹に、優しく髪を梳《す》いてくるザハルに強烈な反感がこみ上げる。

レイは苦しさから滲んだ涙をシーツで拭うと、精一杯の怒りを込めてザハルを睨みつけた。

「こ、なこと、してもなんにも、ならないっ。俺は……こんなの、なんでもない」

たとえ尊厳を踏みにじるのが目的だとしても、ザハルの思惑どおりになんてならない。この程度で傷つかないし、必ず自分は逃げてみせる。

頭の中に思い浮かべているバドゥルとラシードを支えに、心中で自身を鼓舞する。ふたりのもとへ戻るという思いがあるから、かろうじて正気を保てていた。

「ほんとレイは強情だよな。その強気がいつまで保《も》つか」

笑い声を上げたザハルは、再度ふたりを急《せ》かす。

だが、いまの短いやりとりの間にふたりに異変が起こっていた。

「レイ？　レイって言ったか？」

男たちが顔を覗き込んでくる。かと思うと、

「嘘だろ」

これまでの爛《ただ》れた雰囲気が嘘のように緊張の糸が張り詰めた。

「レイってオメガ……まさか」

ばっと離れたふたりは、慌てて身支度を整えだす。

「やばい。やばいって」

「俺、知らねえ。関係ねえからな」

我先に出ていこうとする男たちに動転したのはザハルだ。

「なんだよ！　金を払っただろ。ちゃんとやることやれ！」

彼らは引き留めようとするザハルの手を振り払ったばかりか、青筋を立て、殴りつける。ザハルの細身の身体は壁まで飛んだが、それでも許せないとばかりに足蹴にした。

「そいつ、王族のオメガだろ。冗談じゃねえ。巻き込みやがって」

さらに唾《つば》まで吐きかける。

「報奨金までかかってんだぞ。そんな人間に指一本でも触れたのがバレたら……」

男たちの声はそこまでだった。男たちは去ったようで、静寂が戻ってくる。

身体の震えを止めたくて両腕で自身の肩を抱き締めたレイは、ザハルのぶつぶつとした呟きを耳にする。

「なんだ、これ……情報提供者に報奨金？　あっという間にこんなに拡散されて……何万人もに追われているってことか？」

頭の中がぼんやりした状態では、言葉の意味を正確に把握するのは難しい。一方で、男たちがいなくなったことで吐き気はいくぶんおさまり、浅い呼吸をくり返しながら少しでも平静になろうと努力する。

だが、そう甘くはなかった。

「くそ！　くそ！　どこまでばかにすれば気がすむんだっ」

大声で叫んだザハルが、飛びかかってくる。自身も唇から血を滲ませつつ、いきなり頬を張っていた。

「おまえもだろ。ベータに興味がないくせに、食い物が欲しいからって媚《こ》びを売ってきやがって。内心じゃ、俺を見下してたんだろ！」

何度も顔を叩かれる。

いまは痛みがちょうどよかった。痛みのおかげで忌まわしい身体の熱から意識をそらすことができる。

「俺は……レイのために親まで捨てたんだ。大学も、友だちも、みんな！　それなのに……なんだよ、報奨金って。あいつはそれほどおまえを気に入ったのか。はっ、身体であいつを夢中にさせたたって？　さすがオメガ。けど、どうせすぐ飽きられて捨てられる」

朦朧とする思考でもなんとか理解できた。ラシードは、自分を捜すために情報提供者に報奨金を出すと発表した。ラシードの言葉がＳＮＳで瞬時に拡散されたおかげで、男たちは逃げ出したのだ。

「ラ、シード」

ふわりと、急激に身体が軽くなった気がした。あれほど重く、苦しく、不快だったのにまるでやわらかな羽毛にでも包まれているかのごとく胸の奥があたたかくなる。

「あいつの名前を呼ぶな！」

ぐっと喉をザハルの両手で押さえつけられる。そのままぐいぐいと力を込められ、息ができなくなった。

「ぐっ……うぅ」

「レイ……レイ……なんでだよ。笑いかけてくれたじゃないか。レイは俺のこと好きだったんだよな？　俺に子どもの父親になってほしいと思ってたんだろ？」

好きだった。他のひととはちがってザハルだけが友だちみたいに接してくれたから。

でも、一度だってバドゥルの父親になってほしいなんて思ったことはない。ザハルにも、他の誰にも。

バドゥルの父親はラシードだから。

「レイ、南へ行こう。誰も邪魔する奴のいないところで、ふたりで暮らそう」

「う、う……っ」

厭だと拒否しようにも声が出ない。ぱくぱくと口を開けても苦しさは増すばかりで、徐々に気が遠くなっていく。

視界は薄れ、冷たくなった四肢から力も抜けていく。もはや自分の身に起こっていることすら判然としなくなり、頭の中のラシードとバドゥルの姿もあやふやになっていった。

「うぅぅ……ぅあっ」

突然、喉が解放され、酸素が入ってくる。心臓の痛みにえずき、咳き込むレイをザハルが抱き締めてきた。

「ごめん。つい……ごめん」

何度も謝罪の言葉を口にするザハルから顔を背け、肩を押し返す。ザハルは頬を引き攣らせると、ベッドにうつぶせに倒れ込み、いきなりぼろぼろと涙をこぼし始めた。

「なんでだよ。なんでレイは俺を拒絶するんだ。俺なら、大事にする……どうせあいつに遊ばれて捨てられるだけなのに……なんでなんだよっ」

嗚咽《おえつ》する様に、どれだけザハルが傷ついているのかわかる。こんな真似をしたのも、おそらくは弱い者に手を差し伸べる行為を特別な情と勘違いしてしまったせいだろう。

「こんなに好きなのに、駄目なのか。俺がアルファじゃないから……俺は、アルファに生まれたかった」

ザハルの気持ちはよくわかる。自分もいつも思っていた。ベータに、普通に生まれたらどんなによかっただろうかと。

ラシードと出会って、バドゥルが生まれるまでは。

怠《だる》い身体を動かし、レイはベッドから下りる。ぶるぶると震える大腿に爪を立て、痛みに意識を集中することでなんとか衣服を身につけると、足を懸命に前へと出した。

「ごめん」

啼泣《ていきゅう》するバドゥルに一言返し、部屋をあとにする。ザハルが呼び戻そうとすることはもうなかった。

いまにも倒れ込みそうになりながら、一歩ずつ歩く。ホテルを出るだけにどれだけの時間がかかったか知れないほどだったが、ラシードが自分を捜してくれていると、その事実を頼りに歯を食いしばった。

ようやく外へ出る。いったい何時なのか、あたりはなぜか明るい。ひとも多く、みな携帯電話を片手にうろついている。

すれ違いざま、会話が耳に入った。

「このホテルじゃない？」

「でも、その情報って確かなの？」

「犯人が怖くなって匿名で連絡したって噂だけど」

あの男たちが連絡を？

いや、それすら自分にはどうでもいいことだ。一刻も早く帰りたい、それだけで頭はいっぱいだった。

自分がどちらへ向かっているかはっきりしないままよろよろと歩き続ける。すると、周囲が明らかに騒然とし始めたかと思うと、見知らぬ男が傍へやってきた。

「ラシード王子、見つけました」

男は携帯に向かって報告した後、車へと促してくる。自身を警官だと名乗り、実際制服を身につけバッジを提示されたものの、レイは彼を撥《は》ねつけた。

「……触る、なっ」

いまは誰にもついていくつもりはない。誰にも会いたくない。誰の声も聞きたくない。

耳を両手で塞ぎ、ぎゅっと目を閉じ、その場にしゃがみ込む。

こんなことになったのは自身の油断だ。街の危険性は知っていたのに、知己だからといって無防備に接してしまった。

きっとラシードは心配してくれたのだろう。だから報奨金までかけて捜し出そうとしてくれたのだ。

レイは、耳を押えていた手を恐る恐る外した。空耳だったらどうしようと不安だったが、顔を上げた瞬間、駆けてくるラシードの姿が見えた。

レイ、と自分の名前を呼んで。

「ラ……シード！」

いつも目を奪われていたひと。ずっと秘めた想いを抱き続けていたひと。どれだけ周囲にひとがいようと、彼だけは太陽みたいに輝いて見える。

立ち上がり、足を踏み出す。途端にふらつき、倒れそうになったが、頼もしい両手がそれを阻止してくれた。

「レイ。やっと見つけた」

掻き抱かれ、普段より少し掠《かす》れたラシードの声を耳元で聞き、身体じゅうに満ちたのは心からの安堵と喜び。なにより胸の高鳴りはごまかしようがない。

「本当によかった」

そう言ったラシードになにか言わなければと口を開いたものの、言葉を発するのが難しい。なにを口にしてもいまの自分の気持ちを伝えるのは無理だと思った。

「俺、ひま、わりを……ラシードに」

その代わりに情動に任せてラシードの背中に両手を回した。勇気のいることだったけれど、いっそう強くなった腕にほっとすると同時に自身の気持ちを確認していた。

「レイ」

やっぱり傍にいたい。使用人でも世話係でもなんでもいいから、近くで見ていたい。なぜなら自分はこの腕をずっと夢見ていたのだから。

「きみ……あの男になにか……」

だが、苦しげに胸を喘がせたラシードに、はっとして身を退く。

「あ……俺、促進剤、飲まされて」

事実を告げたにすぎなかったけれど、この一言はラシードを不快にさせたらしかった。

「そんな危険なものを」

顔をしかめ、忌々しげに吐き捨てる。

「ごめん、なさい」

思わずそんな台詞がこぼれたのは、自分にしてみれば微かな後ろめたさがあるせいだった。

なぜなら、さっきまであれほど気分が悪く、嘔吐もしたというのにいまはその苦痛もやわらいでいる。ラシードの顔を見た瞬間から、ふわふわとした浮遊感に似た昂揚に変わっているのだ。

「なぜきみが謝る。きみは少しも悪くない」

「……ラシード」

吐息をこぼしたレイは、昂揚のままにラシードのカンドゥーラを掴んだ。

「バドゥルは」

「ファイサルと一緒に屋敷できみの帰りを待ってる」

「ありがと、ございます」

そして、促進剤のせいにして正直な気持ちを口にのぼらせた。

「ずっと、俺、願ってました……帰りたいって。バドゥルと、あなたのもとへ」

「レイ」

ふたたびきつく掻き抱かれる。ほっと吐息をこぼしたレイは、つかの間と知りつつうっとりとして身を委ねた。

が、やはり儚《はかな》く終わる。

「ラシード王子」

医師が到着し、今度こそ離れなければならなかった。

「レイを頼む」

医師にそう言い、車へ促す。

名残惜しかったものの従うしかなく、レイは医師とともに車へ乗り込んだ。その頃になって周囲に人だかりができていて、まるでお祭り騒ぎのようになっていたと知ったけれど、それらすべて自分には些末なことだった。

医師に診てもらう傍ら、窓の外のラシードを見つめる。群衆に礼を言っているのか、みなが沸き立つ様が車内にも伝わってきた。その後、衛兵になんらかの指示を出したラシードがようやく車へ向かって足を踏み出す。

堂々たるその姿に、レイは陶然として見惚れるしかなかった。

車のドアが開き、ラシードが身を入れてくる。医師から受け取った注射器で自らの腕に抑制剤を打つと、大きく息をついてからこちらへやわらかなまなざしを投げかけてきた。

「――レイ」

ラシードが口にしたのは、それだけだ。無言で肩を抱き寄せられ、その力強さにレイも安心して身体を預ける。

言葉は必要なかった。屋敷を目指して走り始めた車中で、ふたたびラシードと会えた喜びを噛み締めていればよかった。

一時間あまりで到着したときには、身を離すのが名残惜しかったほどだ。それもバドゥルの顔を見た瞬間、消え去る。

「レイ！」

玄関に入ると駆け寄ってきたバドゥルに、自然にこみ上げてくる涙を堪えるのに骨が折れた。またここへ帰ってこられて、バドゥルを腕に抱ける、それが嬉しかった。

「どうしても起きて待ってるっていうから。バドゥルに頼まれたら、駄目とは言えない」

ずっと付き添ってくれたらしいファイサルに謝罪と礼を言い、バドゥルへ両手を伸ばす。が、ラシードにその役目を奪われた。

「バドゥルならもう少し我慢できる。男の子だからな。あとで連れていくから、レイは医師の診察を受けるといい」

「俺なら大丈夫です」

診察は必要ないと辞退したレイだが、ラシードの眉がひそめられた。

「頬が赤くなっている。喉に痣《あざ》も」

ザハルに乱暴されたせいで痣になったのだろう。だが、それもいまの自分には重要ではない。

「大丈夫です」

「大丈夫なはずがないだろう」

ラシードはレイの言い分を一蹴すると、さらにこう続けた。

「それなら、自分のためではなく僕のために診察を受けてほしい。僕が安心したいんだ」

「…………」

自分を案じてくれるラシードの言葉が嬉しくないはずがない。拒否するわけにはいかず、レイは承諾する。

「レイ。ラシドのいうことをきいて」

バドゥルにまで言われてはなおさらだった。

頷いたレイは、ラシードの指示に従う。

「あとで行くよ」

一度振り返るとそこにラシードとバドゥルがいる幸せ。

ずっと自分は恵まれない人間だと思ってきた。オメガに生まれ、母親に捨てられて幸せなんて無縁だと。

こんな自分のもとに生まれたバドゥルへの申し訳なさもあった。

でも、ちがった。こんなにも幸せだった。

堪えきれずに頬に落ちた涙を、レイは急いで袖口で拭った。

6

四日目には本来の仕事に戻った。朝刊を手に部屋の外で待機していると、入室の許可が出る。

ラシードは自分を認めた途端、驚きもあらわに目を見開いた。

「なにをやっているんだ」

そして、次には眦《まなじり》を吊り上げ叱責《しっせき》してくる。

なにを叱《しか》られているのかわからなかったレイは、身を縮め、戸惑うしかなかった。

「仕事を……」

「ゆっくり休めと言ったはずだ」

確かにそう言われた。本来は翌日から働くつもりでいたけれど、バドゥルが片時も離れなかったため休むしかなかったのだ。

どこへも行かないと納得させるのに三日かかってしまった。

「もうすっかり元気です。お休みをいただいて、ありがとうございました」

それにはラシードとファイサルのフォローのおかげも大いにある。おかげで今朝はもういつもどおりの朝を迎え、「ほいく、いきたくない」「じゃあ、いくからだっこして」と甘えてきたバドゥルを宥める日が戻ってきた。

ラシードの意向で保育士の異動があったらしいことを除けば、なにもかもこれまでどおりだ。ラシードには感謝してもしきれない。ザハルの処遇にしても、寛大な計らいをしてくれた。ザハルは南のほうにある施設に入ったという。そこで精神療法等を受けながら社会復帰を目指すと聞き、正直なところ安堵した。

罪の意識が薄れた、なんて身勝手だと自分でも思うが、おそらくラシードはすべて察しているにちがいなかった。

「レイ」

「大丈夫です。一日も早く普通の生活に戻りたいので」

呆れた様子のラシードにもう一度そう言うと、やっと納得してくれたらしい。普段と同じ手順で朝の支度をする。

ラシードは寝起きに決まってシャワーを使う。水音を耳にしながらレイは複数の朝刊をローテーブルに置き、ベッドのシーツを取り替える。終わった頃にシャワーを終えたラシードがバスローブ姿のまま朝刊に目を通す間、着替えを用意して待機するのだ。

ラシードが朝刊を置き、椅子から腰を上げた。

着替えの手伝いをするために傍へ寄ったレイは、なにもかもこれまでどおりではないことを厭というほど実感するはめになった。

数日前までは、ラシードの着替えを手伝うことができた。目を伏せてできるだけ視界に入れないようにし、務めを果たしていた。

でも、今日は難しい。

なぜなのか、もちろん心当たりはある。

——ずっと、俺、願ってました……帰りたいって。バドゥルと、あなたのもとへ。

促進剤のせいにしてそんな台詞をぶつけたばかりか、ひまわりを渡すつもりだったことも伝えた。平静さを失っていたとはいえ、よくも恥ずかしげもなくと落ち込まずにはいられない。

「レイ」

びくりと震え、過剰反応してしまった自分にラシードは静かな声を発した。

「今日、仕事から帰ったらつき合ってほしいところがある。もちろんバドゥルも一緒に」

どこへなのか、思い当たることはない。

「なにかの検査ですか？」

促進剤を飲まされたため、唯一思い浮かぶとすればそれだけなのだが、ラシードは苦笑で否定した。

「そんなに厭そうな顔をしなくても、検査じゃないから安心して。それから、自分で着替えるからレイはバドゥルのところへ戻るといい。あの子はずっときみがいないことに耐えたんだ。いまは少しでも一緒にいたいだろう」

「…………」

辞退しようと頭では思うのに、言葉にならなかった。ラシードの厚意、なによりバドゥルへの情を感じて、いまの自分は大丈夫なんてとても言えない。

結局素直に受け、部屋を辞する。保育室へ迎えにいったときのバドゥルの笑顔を目にして、ラシードの正しさを実感した。

「きょう、おやすみ？」

「うん。今日はもうバドゥルと一緒にいていいって、ラシード王子がお休みをくれたんだよ」

「やったぁ」

あとは、新しい保育士の許しを得るだけだが、こちらはどう説明すればいいのかと思案する。特別扱いと思われると、自分はまだしもラシードに迷惑がかかってしまう、

「あの……」

躊躇《ためら》いつつ切り出したレイだが、先に保育士が言葉を発した。

「無事でよかったですね」

予想だにしていなかった一言を聞いて、一瞬、口ごもった。保育室全体の空気が明らかに軟

化していて、なにがあったのかと戸惑うほどだ。

するど、保育士が笑みを浮かべた。

「前任者から聞いてます。あなたが、ラシード王子の同情心につけ込んでいるって思い込んでいて申し訳なかったと言ってました。ラシード王子の姿を見て、自分たちの認識が間違っていたことに気づいたと」

この意味を正確に把握するのは難しい。だが、どれだけラシードが自分とバドゥルを大事に思ってくれているかをあらためて知る。保育士が労《ねぎら》ってくれたのは、すべてラシードのおかげだ。

十分すぎる一言に黙礼したレイは、喜びに胸を熱くしながら保育室を離れる。バドゥルと手を繋いで歩く間、怯えているばかりでは駄目だと自身に言い聞かせた。

もしあのまま二度とラシードとバドゥルと会えなかったら、といまでも考える。きっと自分はふたりになにも打ち明けなかったことを生涯悔やみ続けるだろう。ちゃんと向き合って話せばよかった、自分の気持ちを伝えればよかった、と。

結果はどうあれ、きっとラシードは無闇《むやみ》に怒るとか拒絶するとかしないと、いまはちゃんとわかっている。

そういうひとだから。

「バドゥル。庭を散歩する？」

「するぅ」

「じゃあ、庭に直行」

「ちょこう！」

庭に出たレイは、バドゥルと一緒に虫を探したり、駆けっこをしたりして過ごす。心のなかは雲が晴れたようにどこか清々しく、久しぶりに時間を忘れて童心に帰って遊んだ。

昼食をすませたあとは、部屋で一緒に絵を描く。下手くそなひまわりを描き始めた自分の横でバドゥルが描いたのは誰かの顔だった。

「それは誰かなあ」

聞いたあとで気づく。ラシードだ。

「ラシド。こっちがレイ」

バドゥルの手にはベージュのクレヨンが握られていて、顔の中心にあるふたつの丸をそれで塗る。そして、もう一方は黒いクレヨンで。

ふたりの間にある小さな顔の目の色もベージュに色づけされた。

「――バドゥル」

なんだ、と自分の滑稽さにレイは噴き出した。

ちゃんと三歳の子が理解しているというのに、なにを怖がっていたのだろう。使用人としてラシードの傍にいようと決めたのは正しかった。バドゥルのため、なにより自分がそうしたい、それだけでよかったのだ。

「ラシド、はやくかえってこないかなあ」

絵をプレゼントすると言うバドゥルに、レイも心を込めてひまわりの絵の続きに取りかかる。

「そうだね。早く帰ってくるといいね」

太陽のようなラシード。太陽に焦《こ》がれてひたすら上を向く小さなひまわりは——自分そのものだ。

「レイ、かわいい」

拙《つたな》い絵をバドゥルが手を叩いて褒めてくれる。

「ありがとう。バドゥルもすごく上手」

お絵かきのあとはお昼寝をする。窓辺にマットを敷いて、斜めに差し込んでくる陽光を浴びつつ並んで横になった。

「きょう、ごほんよんでもらったの」

「へえ。どんなお話?」

「あのねえ」

真剣な表情で、ときに考え込みながら魔法使いが活躍する物語を紡いでいく我が子の姿に胸がいっぱいになり、思わず抱き寄せる。食べていくことだけに必死だった頃には考えられなかった姿だ。

「レイ、あまえんぼー」

頭を撫でられ、小さな胸に顔を埋める。きゃきゃと笑いだしたバドゥルにレイも合わせて笑った。

ふたりでじゃれていたせいで、気づくのが遅れた。

「愉しそうだ。僕も仲間に入れてくれないか」

帰宅はてっきり夕刻になると思っていたので、ラシードに覗き込まれて飛び起きたレイは、驚きと気恥ずかしさで早口になる。

「おかえりなさいませ。今日はお休みをいただいて……ありがとうございました」

あたふたする自分とちがい、バドゥルが満面の笑みで迎える。

「ラシド！　おかえり～。あのね、バド、レイと絵を描いたの」

すぐにお絵かきした紙をテーブルの上からとってくると、ラシードに差し出した。

「あげる。こっちがバドので、こっちはレイの」

迷う間もなかった。バドゥルの絵と自分の下手な絵を受け取ったラシードは、やわらかな笑みを浮かべた。

「ふたりともありがとう。こんなに素敵なプレゼントをもらったのは初めてだ。大事にするよ」

大げさだ、なんて言う気にはならない。なぜならラシードの面差しからも声音からも、言葉が本当だと伝わってくる。

しかもそれだけでは終わらなかった。

「僕からもふたりにプレゼントがある。出かけよう」

帰宅後、ひと息つく間もなくラシードは外へと誘ってくる。行き先がどこなのか気になったのは自分ひとりで、ラシードに抱き上げられたバドゥルは早くもはしゃぎ始めた。

4WDの車中でもそれは同じで、昂揚に頰を赤く染めて今日一日の話をするバドゥルにやわらかなまなざしを注ぐをラシードの姿は、自分にとってなによりのプレゼントになる。

「じゅうたんが、おそらをとぶの！」

「それはすごいな」

「ラシド、のったことある？」

「空飛ぶ絨毯には乗ったことはないが、じつはラクダならある」

「うわー！　いいなあ。バドものりたいなあ」

これほど安らかな気持ちになるのは生まれて初めてだ。ラシードに助けを求めたときには、まさか穏やかで愉しい時間を過ごせる日が来るなんてこれっぽっちも考えていなかった。

すべてはラシードのおかげだ。

「あの、俺……話したいことがあります」

勇気を掻き集めて、切り出す。

「僕もだ。でも、もう少し待って」

ラシードの話はなんだろう。気になってたまらなくなったものの、待ってと言われたからには待つしかない。

窓の外に目をやると、いつの間にか風景が変わっていた。

見渡す限り砂の世界。

耳にはしていたけれど、実際に自分の目で見た砂漠の景色は想像していたものとはまるで異なっていた。

「ごほんとおんなじ！」

手を叩いて喜ぶバドゥル以上に、昂揚せずにはいられない。バドゥルの言ったとおり、まさに御伽噺《おとぎばなし》のなかに迷い込んだかのような錯覚にすら陥った。

それも当然だろう。

到着した場所は砂漠の真ん中だ。なにもない、延々と続いている砂の大地にはすでに大きなテントが設《しつら》えてある。

その下にはマットや絨毯が敷かれ、鮮やかな織物や房飾りで彩られているなか、三人のスタッフが豪華な食卓を演出していた。

唖然《あぜん》として立ち尽くす自分とはちがい、バドゥルは飛び跳ねて素直に喜びを表現する。

「わ〜い！　ごはん、いっぱい！」

もっともバドゥルは毎日食事の時間を愉しみにしているので、場所というよりラム肉の炭火焼きやロブスター、肉と野菜をホブスで巻いたシュワルマ等、ごちそうそのものに関心があるようだが。

準備を終えるとスタッフは帰っていったので、広い砂漠に三人残される。いや、まるでこの世界に三人だけになったような感じさえした。

「さあ、座って」

腰を下ろしたラシードに、戸惑いつつも倣う。ラシード、バドゥル、自分という並びだが、距離の近さにいやが上にも緊張してしまう。

反して早くも涎を垂らさんばかりのバドゥルの口に、ラシードは手ずからトマトを放り込んだ。

「たくさん食べて」

目を輝かせたバドゥルはトマトを味わうと、シュワルマに手を伸ばす。当初に比べて急がず、ゆっくり味わう様はバドゥルがいまの生活に馴染んできた証《あかし》に思えた。

まだ一か月にも満たないというのに、確実に体格にも変化がある。抱くとずしりとした重みを感じるし、心なしか身長も高くなった。

おそらくラシードのように大きくなるにちがいない。そう思うと、自然に頬が緩んだ。

「レイも、ほら」

ラシードは、バドゥルにしたのと同じようにトマトを口に入れてきた。口中に広がった甘酸っぱさを味わってから、レイは躊躇《ためら》いがちに問う。

「ありがとうございます。でも、どうして、こんな」

自分たちのプレゼントとは比較にならない。朝から準備していただろうことは容易に想像できた。

「レイが無事に戻ってきたお祝いかな。砂漠を知らないと言っただろう？」

「…………」

砂漠を知らなかったのはそのとおりだ。しかし、いつそんな話をしただろうか。屋敷に来て以来、ラシードと雑談をした憶えはない。

困惑を隠せずにいると、まっすぐ前を向いたままラシードが片笑《かたえ》んだ。

「一番は失態を取り戻したいから」

「失態？」

「そう」

ラシードの顔がこちらへ向く。ヘイゼルの瞳に見つめられ、ただでさえ速いリズムを刻んでいる心臓が大きく跳ね上がった。

「気づかなかったから。あのあとちゃんと捜すべきだったたって、悔やんでもいる。きみがどういう子なのか、一緒に過ごした短い間でわかっていたのに」

「…………」

途端に、ざっと全身に鳥肌が立った。折を見て打ち明けるつもりだったとはいえ、まさかラシードから水を向けられるとは――レイにとっては不意打ちだった。

それだけでは終わらない。

「僕に挽回のチャンスをくれないか」

まさかこんなことを言われるなんて……まなざしや口調でラシードの熱意が伝わってくるだけに、予想だにしていなかった展開に当惑する。ラシード王子が悔いる理由なんてない、そう思いつつも頷くしかなかった。

「ありがとう。よかった」

端整な顔に安堵が浮かぶ。その真摯な表情を前にしてどうして平静でいられるだろう。心が震え、たまらず口を開く。

「……ラシード、王子」

誠意を尽くしてくれるラシードに、これ以上逃げるわけにはいかない。きちんと言葉にしなければ。自分にはその義務がある。

俯き、一度唇に歯を立てたレイは不安を押しやってから、精一杯言葉を紡いでいった。

「ごめ、なさい。ずっと騙してて。偽名を使ったことも、黙って雇ってもらったことも」

絶対に知られてはいけないと恐れていた。でもそれは身勝手な考えだったといまならわかる。

「あと……」

バドゥルのことを打ち明けようとした、直後。

「レイをいぢめちゃだめ！」

頬を膨らませたバドゥルが割り込んできた。両手を広げ、真剣な面持ちで守ろうとする姿はナイトさながらだ。

「ラシド、レイのことまもるってやくそく、した」

いつの間にふたりはそんな約束をしたのか。自分はなにも知らないのだと、つくづく思う。

バドゥルに責められたラシードは、降参とばかりに両手を上げた。

「もちろんレイのことは僕が守るよ。それから、バドゥル、きみのことも」

バドゥルを抱き上げたラシードが太陽みたいな笑みを浮かべた。

僕の息子、とそう言って。

いままでつらいことや厭なことはたくさんあった。でも、ラシードが認めてくれた、それだけでこれまでの労苦など一瞬にして消えていく。

「ラシドがパパなの？」

丸い目を瞬かせるバドゥルの問いにも、ラシードは少しも迷わなかった。

「ああ。僕がパパだ」

だろう？　と確信に満ちたまなざしで見つめられて、なにが言えるというのだ。心が震えて、黙って頷くのが精一杯だった。

アタが自分だったと認めたとはいえ、ラシードがバドゥルのことにも気づいていたとは少しも思わなかった。

「ふうん」

だが、照れくさそうに唇を尖らせるバドゥルを前にして、自分の間違いに気がついた。

ラシードとバドゥルはよく似ている。目の色のみならず笑い方も。

きっと成長するにつれてもっと似てくるにちがいない。

「レイ」

ラシードの手が背中に添えられる。布越しにぬくもりが伝わってきた。

「ありがとう。いい子に育ててくれて。でも、これからはひとりで頑張らなくていい。僕がずっと一緒だ。いいね」

「……本当に？」

ずっと傍にいたい。でも、それは親に捨てられた自分にとって夢のような望みだ。

「俺たちが、いても許してもらえる？」

王はどう思うか。ラシードの婚約者は？

そんな不安すら一瞬にしてラシードは解消してくれた。

「縁談は断った。もともとその気がなかったし、今後は僕がファイサルを支えて、公務をちゃんとこなすという条件で父王を説き伏せた。だから安心していいよ」

「でも……」

ラシードはなんでもないことのように言うが、そう簡単な問題でないことは無学な自分でもわかる。伝統を重んじる王族にあって、ラシードのような柔軟な考え方をする者のほうがめずらしい。

無茶をしたのではと心配になったレイに、ラシードはあくまで笑みを絶やさない。

「僕は少しも迷わなかったよ。いざというときは王族を抜ける用意もあった」

やっぱりそうだった。

心が乱れて声も出ない。ラシードがどれほどの強い覚悟で王を説き伏せてくれたか、自分には想像もできないけれど、強い想いは伝わってくる。

「僕としてはそうしたほうが楽だったんだが、しょうがない。とにかくこれだけは断言できるよ。僕とレイ、バドゥル。三人で家族だ。これからずっと」

どんなにつらくても泣かないと決めていた。泣いたところで現実はなにも変わらないと知っていたせいだ。

けれど、いまは我慢なんてできそうにない。どうやら最近の自分は涙腺がどうかしてしまったのか、あふれてくる涙を止められず両手で顔を覆った。

「きっと俺……毎日、今日のことを思い出します」

ラシードが笑う。

「それなら、今日のことを思い出さなくていいように、僕が毎日言ってあげる」

肩を抱き寄せられたかと思うと、耳に熱い唇が触れてきた。

「レイとバドゥルを愛してる」

「ラシ……」

端から見れば、いい歳をしてと滑稽でしかないだろう。それでも、どうしても我慢できずにレイは子どもみたいに声を上げて泣いた。

しようがない。こんな日がくるなんて——たとえ一瞬であっても夢見ること自体許されないと自身を律してきたのだ。

「俺は……どうすれば、いい？」

愛してるなんて言ってもらったのは初めてだ。自分はずっと疎まれる存在で、誰も好きになってくれなかった。そういうものだとあきらめていた。

「レイはただ、僕の手をとってほしい」

ラシードの大きくて、優しくて、頼りがいのある手。

泣きながらレイはその手をとると、正直な気持ちを口にする。

「俺、も一緒に、いたいっ」

言葉にすると、いっそう涙があふれ出た。

「レイ、なんでないてるの？　おなか、いたい？」

つられたのか、半泣きのバドゥルが小さな腕でしがみついてくる。

「ちがうよ」

蕩《とろ》けそうな笑顔でラシードは、バドゥルごと大きな腕の中に抱き止めてくれた。

「レイが泣いているのは、きっと嬉しいからだ」

ラシードの言うとおり、つらいときの涙は堪えられても嬉しいときはそうできないと身をもって知る。

涙が止まるまで数分かかり、その間、ずっと三人で身体を寄せ合っていた。

レイは、ふたりへの愛を噛み締めながら眼前に広がる美しい風景を目に焼きつける。やはり自分はこの瞬間を一生忘れない、と思いながら。

ラシードとバドゥル、自分。どこまでも続く砂漠のなか、たった三人で過ごした瞬間を。

空には夕闇が迫り始めている。

青い空は少しずつ鮮やかなオレンジ色へと変化して、昼と夜が混じり合う。やがて夜が昼を取り込むように伸び——次第に完璧な紫紺のベールに包まれていく。

まるで自分たちの周りだけ時間がゆっくりと進んでいるようだった。

「見て。バドゥル。すごい」

きらきらと瞬く星を見上げ、指さす。

シーっとラシードが唇に人差し指を当ててきた。その理由は明白だ。自分たちの間で安心しきった表情をしているバドゥルは、すやすやと寝息を立てていた。

「はしゃいだから、疲れたんだな」

「うん」

幸せそうな寝顔を見ると、また涙がこみ上げてくる。無邪気に振る舞ってみせても、以前の暮らしがバドゥルにとっていかに負担だったか察するには十分だ。

「本当にありがとうございます」

心を込めて告げたレイに、ラシードは静かにかぶりを振った。

「礼を言うなら僕のほうだ。それに、どうせなら別の言葉を聞かせてくれないか」

どんな？　と問うほど子どもではないつもりだ。レイは睫毛を震わせると、これまで心の奥底に沈めて蓋《ふた》をしてきた本心を告白する。

「あなたを想ってました。ずっと。絶対叶《かな》わなかったはずなのに、あなたが叶えてくれて……俺、すごく幸せです」

大好き、と言葉にした途端、胸に火が灯った。自覚していた以上に自分はラシードへの気持ちを募らせていたのだと気づく。

「夢じゃない？」

ぽつりとこぼしたのはそのせいだったが、ラシード自身が夢ではないと教えてくれた。

「夢だったら、僕が困る」

大きな手のひらにうなじを抱かれる。引き寄せられるに任せて、距離を縮めていった。熱い吐息が唇に触れた瞬間、身体の芯が蕩け、うっとりとする。

満天の星のもとで口づけを交わす傍ら、これからのことを考えていたはずなのにすぐにどうでもよくなり、レイはラシードに身を任せた。

「残念。もうすぐ迎えがくる。この先は屋敷に帰ってから」

そう言われたときも、すぐには理解できなかったほどだ。

「離したくないな」

実際残念そうに小さく唸《うな》ったラシードに、ようやく車の存在に気づくような始末だった。

眠ったままのバドゥルを抱いて車に乗ったラシードのあとから身を入れてからもキスの名残に引きずられてふわふわとしていたが、それもしようがない。

ラシードが肩に腕を回して、密着してくるのだから。

「ラシード、王子」

運転手を気にして身を退こうとすると、いっそう抱き込まれる。

「王子はやめてくれ。それから、彼は気にしない。ただ、明日からみながきみに相応《ふさわ》しい接し方をするだけだ」

どういう意味なのか知りたかったけれど、それどころではなかった。じわりと浮く汗を意識してしまい、屋敷まで身じろぎひとつできずにじっとしていたのだ。

「シャワーを使おう。おいで」

到着するや否や、ラシードの部屋へ招かれる。少しも平静になれないレイはついていくのがやっとだった。

隣室のベッドにバドゥルを寝かせたあと、身につけているものを脱がされだしてからやっと我に返り、ラシードの腕を掴んだ。

「俺は、あとで、いいです」

かあっと頬どころかうなじまで熱くなる。昂揚を知られたくなくて懸命に冷静さを装おうとしたところで、こうも身体が震えていては意味がない。

「厭？」

しかも、ラシードにまっすぐ顔を覗き込まれてそう問われると、いつまでも取り繕ったままでいるのは難しかった。

「厭——じゃない、ですけど」

「よかった」

気が変わらないうちにとでも言いたげな性急さで裸にされる。その後ラシードも衣服をすべて脱ぎ捨てたが、なにもかもあまりにちがっていて、知らず識らず見惚れてしまっていた。

「そんな目で見られたら困る」

だが、ラシードに指摘されて即座に視線を落とした。物欲しげに見えたにちがいないと思うと、恥ずかしさで居ても立ってもいられなくなった。

「あ、俺……やっぱり」

身を返す前に長い腕に囚われる。直接触られている部分が燃えるように熱く感じられた。肩口に押し当てられた唇には、目眩《めまい》すら覚える。

「……ヒート、じゃないのに」

初めてのヒートの最中と同じ、いや、それ以上に身体じゅうどこもかしこも敏感になっているようだ。

「ヒートじゃないと、触らせてくれない？」

慌ててかぶりを振る。気になっているのは、自分がみっともない姿をさらしているのではないかと、そのことだった。

ラシードに失望されたら――きっとこれ以上ないほど傷つくに決まっている。

「……ラシードに、ラットがこないから」

結局、ラシードのせいにする。自分がヒートしていないのなら、ラシードも同じではないのか、と。

「僕？　ヒートとかラットとか関係ない。僕は、きみが欲しいだけだ」

「――あ」

腰を押しつけられて、レイは息を呑む。ラシードの中心は硬く、熱く脈打っていた。

「レイは厭？」

もう一度同じ質問をされて、これ以上ないほど昂揚する。息苦しさに喘いでも、少しも余裕を持てそうにない。

「厭、なわけないです」

厭であるはずがなかった。ラシードの視線や手、指先の動きにすらときめいてしまう自分だから不安なのだ。

ラシード相手ではコントロールなんてできるはずもなく、みっともない姿をさらしてしまうのは目に見えている。

「呆れないで、ください」

硬い胸に抱き寄せられたレイは、祈るような気持ちでそう言う。実際のところ、すでに自身の身体じゅうに欲望が渦巻いていることに気づいていた。

「僕のほうこそだ。きみに触れたくてたまらない僕に呆れないでほしい」

「……そんなの」

唇にラシードの手が触れてきた。見つめられ、形を確かめるように唇を指先でなぞられて、ぞくぞくと背筋が痺れる。

明確な快感に逆らえるはずもなく、半ば無意識のうちに自ら唇を解いていた。

指の代わりに、今度は熱い舌がそっと触れてくる。何度か食《は》まれ、舐められて、昂揚するあまり吐息がこぼれた。

「レイ」

やわらかな声で名前を呼ばれた。かと思うと、ラシードはガラス細工にでも触れるかのようにやさしく口を合わせてきたのだ。

「ふ……」

優しくすくうように舐められ、本能のままに応える。ラシードが口づけを深くしてきたのは、きっと自分がそう望んだからだろう。

ラシードの唇の甘さにレイは陶酔し、いつの間にか自分からしがみついていた。

「ラシー……ラ……」

口づけの合間に何度も名前を呼ぶ。息が上がり、キスだけで早くも我を忘れる。

「困ったな。これじゃあ、シャワーまでがすごく遠い」

そう言われてやっと本来の目的を思い出すような始末だった。

やめないでほしい。その思いを込めて、間近にあるラシードを見つめる。ヘイゼルの瞳は少し濡れていて、まさに宝石が輝いているようだ。

「だから、そんな目で僕を見たら駄目だ」

ラシードが喉を鳴らしたのがわかった、かと思うと、いきなり床から足が浮き上がった。

「ラシード……っ」

抱き上げられて向かったのはシャワーブース、ではなかった。普段自分がベッドメイクをしている主寝室のベッドだ。

そこへ横たえられ、見慣れない景色に目を見開いたのは、レイにしてみれば当たり前のことだった。なにしろラシードのベッドから見る景色だ。

鮮やかな色の天蓋。ドレープの美しいシルクのカーテン。でも、なにより美しいのは自分を見下ろしてくるラシードだ。

淡い色の双眸《そうぼう》に吸い込まれそうだと思う。だが、

「もう待たない」

いい？　と耳語《じご》され、ふたたび昂揚の波に呑まれる。いや、ラシード自身に、だ。

「……俺だって、待ちたくない」

勇気を出して正直に伝えるとすぐにまた熱い口づけが再開され、レイは夢中になって舌を絡めた。

「ふ……ぅんっ……ぁ」

ラシードの唇はなんて心地いいのだろう。頭のなかに紗《しゃ》がかかり、ヒート中でないにもかかわらずすぐに理性も思考も飛んでしまう。

懸命に応えていたレイだが、大きな手に胸を弄られてそれどころではなくなった。

「あ……やっ」

ましてや口に含まれ、舌で転がされてしまっては——必死で堪えようとしてもいやらしい声がこぼれ出て、羞恥心から逃げ出したい衝動に駆られる。

「待……って、くださ……っ」

ラシードの頭に手をやった。でも、それは失敗だったとすぐに気づかされる。

どういうわけか胸に抱え込む格好になり、とうとうレイは淫《みだ》らな声を上げるはめになったのだ。

「レイ。厭がらないで」

「でも……俺……こんなの」

「駄目？」

駄目なわけではない。戸惑っているだけだ。なぜなのか、理由も自分で気づいている。

「初めてじゃないのに」

それゆえ、ラシードのその言葉に自分がいかに子どもっぽかったか、思い知らされたようだった。

「わか……てる」

ラシードが言ったように二度目だし、初めての夜の出来事は幾度となく思い出して心を震わせていた。そのたびに夢の中にいるようなふわふわした心地になり、陶酔に浸った。けれど、現実は思い出とはまるでちがう。恥ずかしくてたまらないし、なにより生々しい。口づけも、ラシードの唾液で濡れた胸も、それから触れられないうちから浅ましく勃ち上がっている自分自身も。

「でも、前より、なんだか……」

その先を口にするのを躊躇《ためら》ったレイに、ラシードがふっと笑った。

「頭のなかとはちがっていて当然だ。レイの綺麗な思い出のなかじゃ、たぶん僕はこれほどががっついていなかっただろう?」

ラシードが自身の中心に目を落とす。つられてそこを見た瞬間、小さく声を上げたレイは全身総毛立ったような感覚に囚われていた。

もとより欲望のせいだ。

ラシードのそこはさっき腰に押しつけられたときより質量を増し、誇示してくる。ごくりと喉が鳴ってしまい、かあっと頬が熱くなった。

「やじゃないなら、触って。レイ」

「…………」

羞恥心と緊張で震えが止まらない。レイは、胸を喘がせつつラシード自身に手を伸ばす。触れた瞬間、ああ、と吐息がこぼれた。ヒートもラットも関係なく、ラシードが自分で興奮してくれたことが嬉しかったのだ。

ゆるゆると動かすと、ラシードの口からも甘い息がこぼれる。眉根を寄せたその表情は美しく、色気があり、レイはひたすら奉仕をした。

だが、それも難しくなる。

「あ」

いつの間にか用意されていたローションを手のひらにあけたラシードが、自身の体温であたためてから性器に垂らしてきたのだ。ただでさえ快感に負けそうだったのに、液体の刺激ですぐにでも達しそうになる。

「や……ラシー……なに？」

性器を伝わり、狭間にまでとろりと流れていく感触に、ざっと肌が粟立つ。気持ちが悪いのかいいのかも判然としない。

「前も使ったよ。慣れないうちは特に必要だから」

そうだったろうか。全部憶えているはずだったのに、なにもかも初めて体験するみたいだ。どうやらあのときの自分はラシードに応えるのに無我夢中で、四年間のうちに自分に都合のいい夢物語に仕立ててしまっていたらしい。

いや、無我夢中なのはいまも同じだ。

「あ……」

ラシードの指が後孔に触れ、ローションを塗り込め、割り開いてくる間、なにもできずに声を漏らしていただけなのだから。

「レイは、ここも健気で可愛いな」

「あぁ」

指が浅い場所を辿るのを、仰向けで両膝を立てた姿勢で受け入れる。さっきまで身体が逃げないよう努力が必要だったのに、すでにラシードにされるがまま、自分では微塵も動けなくなっていた。

時折、すすり泣きが漏れる。

そうするとキスで宥めてもらえるせいで、自然にねだる格好になった。

「あ、あ……ラシ……ド」

道を作るにしては丹念に体内を探られているうちに、新たな感覚がそこから湧き上がってくるのがわかった。なんとも表現しがたい、曖昧な疼きだ。

一度気づいてしまうと、その感覚を逃がすことは難しい。意識がそこばかりにいき、耳は濡れた音を拾う。

恥ずかしいはずなのに、勝手にラシードの指を締めつけてしまっていた。

「ふ……ぅう、あぁ」

そうなるともう声も制御できない。止めたいという気持ちにすらならず、レイは喘ぎながら涙で潤み切った目でラシードにすがった。

「も……や……なにか、あふれそう」

そういう表現が相応しいかどうかわからないけれど、この状態を引き延ばされるのもつらい。どうにかしてほしい、その一心だ。

「そうだな」

吐息混じりの返事があった。唇を一度合わせたあと、ラシードは鼻先を触れさせ、まっすぐ見つめてきた。

「きみのなかに、挿《はい》りたい」

下腹に大きな手のひらのぬくもりを感じて、身体から力を抜く。これほどまでに自分を大事にしてくれるひとは他にはいないだろう。

ぽろりと涙の雫《しずく》がこめかみにこぼれたのは、悦びのためだった。

「……俺も、挿れてほし」

アルファとオメガにあるのは欲情、そして子作りだと聞いた。だが、いまのレイはラシードからいっぱいの愛情を受け取っているという実感がある。

バース性は関係ない。この瞬間は、ラシードと自分。ただそれだけだ。

「レイ」

濡れたこめかみに唇を触れさせたあと、ラシードは脚を割ってきた。抱え上げられ、あられもない格好をとらされたが、もう逃げたいなんて少しも思わなかった。

「あ」

入り口に熱が押し当てられる。わずかに割り開かれただけで、自分のそこがラシードのものにしっとりと吸いついたのがわかった。

「レイ……ゆっくりしたいのに」

その言葉のあと、体内に挿ってきた圧倒的な存在にレイは声を上げ、仰け反った。衝撃で自分が達したと知ってからも少しも身体の熱は退かず、逞しい肩にしがみついて、抗いがたい快感に溺れた。

いつしか自分でも腰をくねらせていて、蕩けそうな愉悦に身を委ねる。繋がった場所から聞こえる濡れた音や、互いの動物じみた息遣い、汗、シーツの擦れる音にすら興奮せずにはいられなくなり、我を忘れて乱れた。

「すごく、いい。レイ」

砂糖菓子みたいに甘い声に、身も心も浸りきる。

「や、あぁ、また……くるっ」

「僕もだ。でも、まだ離せない。もっと僕にすがってきて」

「あぅぅ」

額に、瞼にキスされながら、何度目かの絶頂を迎える。そうではない。きっとラシードと繋がってからずっとだ。

打ち震える身体を掻き抱かれ、ラシードに請われるまでもなくすすり泣き、逞しい背中にきつくしがみついた。

もういっぱい。そう思うのに、身体の満足に反してまだ抱き合っていたいという気持ちが強い。ラシードの終わりを受け止めたレイは、しがみついたまま離れず、無言の意思表示をする。

「レイ」

小さく呻いたあと、ラシードが唇を食んできた。

「そういうことをしたら、困るのはきみなのに」

「そういうこと？」

「きみの中、僕を締めつけてるだろう？」

吐息混じりの言葉を否定できず、睫毛を震わせて慌てて言い訳をする。

「このまま……もう少しくっついていたくて」

自分としては正直な気持ちだったけれど、なにが正解でなにが間違っているのか見当もつかなかった。どう言えば、なにをすればラシードは喜んでくれるか。

なにも知らない。誰も教えてくれなかった。未熟なのはいまさらだが、知識すら持たないことが恨めしかった。

「このまま、か」

ラシードが困った顔をするからなおさらだ。

「それは無理だよ、レイ。いまのはレイから誘ったんだからね」

「……俺は」

そのとおりだと自覚する。実際のところ、肌を合わせているといつまでたっても欲求は募る一方なのだ。自分のなかにこれほどの欲望があるとは——レイ自身戸惑っている。

「もう少し頑張れそう？」

僕のために、と甘い声で言われてどうして取り繕ってなんていられるだろう。レイは、わずかに残っている羞恥心に蓋をし、こくりと頷いた。

「俺も、同じ」

「よかった」

頬に口づけられる。てっきりこのまま——と期待した矢先、ラシードが身を退いたせいで、ずるりと体内から熱が去った。名残惜しさが顔に出たようで、端整な面差しに笑みが浮かんだ。

「見る？」

一瞬、なんのことだと首を傾げたが、視線でそこを示され、避妊具のことだとわかる。すぐにかぶりを振ったものの、いったん目にした以上そらすのは難しい。結局、ラシードが硬く勃ち上がった自身に避妊具を装着する様をじっと見つめてしまう。

ラシードは自分でこうまで興奮してくれているのか。

嬉しさのあまり物欲しげな声を漏らしてしまったのは、レイにしてみれば仕方のないことだった。

「レイ」

ふたたびラシードの体重を受け止める。引きかけていた熱はすぐに戻り、脚を大きく割られた瞬間、一気に燃え上がった。

「ラシード……」

腰を浮かせると、焦らすことなくラシードが入り口を割ってもぐり込んできた。

「うぅ……んっ」

雄々しい脈動をまざまざと感じる。ラシードのものに吸いつく自身の内壁も。

「そんなふうに、触ったら駄目だ」

そう言われて、自分が繋がっているところへ手を伸ばし、確かめていることに気づいたが、衝動には敵わなかった。どうしてもそうせずにはいられなかった。

「だって……繋がってる……あ、すごい」

潤みきった瞳で愛するひとを見つめる。

ラシードは大きく胸を喘がせてから、驚くほど奥深くまで挿入してきた。

「嘘……あ、こんな……」

「レイのせいだよ」

「……でも」

口でなんと言ったところで身体が裏切る。探るようにゆっくりだったこれまでの行為とは明らかにちがっていて、穿たれることの快感をまだ憶えている自分の内部は嬉々として熱い屹立を呑み込む。

ラシードに絡みついた内壁が疼き、たまらず自分から腰をくねらせていた。

「あ、あ……ラシー……」

「ああ──レイ。そう、すごく上手だ」

「ラシ……ド、やぁ……」

揺すられると同時に、執拗に深い場所を先端で突き上げられる。そこをそうされると脳天まで甘い痺れが駆け上がり、自制心も羞恥心も泡みたいに溶けてしまう。

「すご……いいっ」

腹で擦られる性器と穿たれた体内、両方からの快感は凄まじく、あっという間にまた頂点へ押し上げられた。

「ラシード……ラシード」

しがみつき、必死になって唇を求めるレイに、ラシードは吐息まで奪うような激しい口づけで応えてくれた。

「あ、ぅんっ」

夢中で舌を絡めながら、今度も呆気なく達する。頭の中が真っ白になるほどの激しい絶頂に、レイはラシードの腰に脚を回し、思うさま声を上げた。

「あぁぁ」

つかの間、意識を飛ばしていたことにも気づかなかったほどだったが、首筋を撫でてくる優しい手にあたたかな水底から引き上げられる。どこにも力が入らず、ラシードと自分の境目すらあやふやになっていた。

間近で見つめ合い、唇を触れ合わせると、ラシードの目が穏やかに細められた。

「レイは、運命のつがいを信じてる?」

少し前までの自分なら、はっきりと否定しただろう。ばかばかしいと笑い飛ばしてみせたかもしれない。

そんなのは誰かの作り話。とっくの昔に捨て去られた夢物語だと。

でもいま、答えは決まっていた。

「信じてます。ラシードは?」

「信じているよ」

現実がなんであろうと、どうでもよかった。重要なのは、ふたりがそれを信じているという事実だ。

「少し緊張するな」

うなじを清めるみたいにラシードが舌で舐めてくる。

「すごく緊張します」

胸の高鳴りを感じつつレイは無防備にそこをさらし、待っていればよかった。

その瞬間、ちりっとした痛みがあったが、それは予想していたよりもずっと敬虔《けいけん》な儀式だった。

うなじに残ったのは優しい疼きと、自分とラシードしか知らない儀式の証。

「ラシード」

その後はきつく抱き合うと、どちらからともなく唇を寄せ、心が欲するに任せてもう一度快楽の波に身を投じたのだ。

after that

会社の社長室に案内されて顔を出した途端、ラシードに両手を広げて歓迎される。

「やあ。またふたりの顔が見られて嬉しいよ」

それだけではすまず、秘書がまだ傍にいるにもかかわらずバドゥルと自分を抱き寄せ、頬にキスしてきた。

「今朝も、そう言ってました」

ベッドで、目が覚めたとき、間近にある端整な寝顔に見入っていると、どうやら寝たふりをしていたらしいラシードに抱き寄せられて、いまと同じ台詞《せりふ》を唇に直接囁かれた。

寝覚めにきみの顔が見られて嬉しい、と。

「そりゃあね。できるならずっと見ていたいから」

呆れた表情で秘書が出ていくのは当然のことだ。

「ラシド！　ごはん？」

「そうだよ」

仕事のあとに食事に行こうと誘われたのが、いま、ここにいる理由だった。まだ慣れないし、人目も気になるしでレイ自身は苦手だけれど、ラシードは積極的に外へ出ようとする。なぜなのかはわかっている。

自分とバドゥルの存在を周知させるためだ。

ラシードは他に側室を持つ気はない、伴侶は生涯ひとりだと公言している。バドゥルのことにしても、本人が明確に意思を示せるようになるまではとバース検査をさせる気はないようだ。オメガでもアルファでも自分の息子には変わりないと、周囲がなんと言ってこようとそのスタンスを貫いている。

一方で、オメガへの風当たりは一朝一夕でどうにかなるものではないというのも事実だ。屋敷内のみなの態度はラシードのおかげで変わったとはいえ、外に出れば色眼鏡で見てくる人たちは多い。

ラシード王子はオメガに誑《たぶら》かされたと嘆いている者もいると聞く。

それでも、外へ出る価値はある。バドゥルが三人でのお出かけをなにより喜び、自分とふたりだと「ラシドは？」としつこく聞いてくるほどなのだ。

これまでの寂しさを埋めているのだろうと思うと、外出は遠慮したいとはとても言えなかった。

「忙しいのに」

いや、ここは素直になろう。仕事と公務で飛び回っているラシードの自分たちへの気持ちが嬉しい。三人で過ごせる時間は、レイ自身にも大事な時間だった。

「あ」

バドゥルが壁を指さした。そこへ目をやったレイは、驚きに一瞬言葉をなくした。額《がく》に入れて飾られているのは、自分とバドゥルの絵だ。およそオフィスには不似合いな拙《つたな》い絵がふたつ並んでいる。

「……捨ててなかったんですか」

まさかここで目にするとは思っていなかったため、びっくりするやら恥ずかしいやらで慌てて問う。

「捨てるわけないだろう」

こともなげにラシードはそう答えたけれど、やはり恥ずかしいものは恥ずかしい。

「でも、よりにもよってここに？」

「きみたちがいないときも、これで少しは気が紛れる」

「せめてバドゥルのだけにするとかじゃ——駄目？」

「駄目」

ほほ笑んだラシードに、どうしてこれ以上反対できるだろう。茶目っ気のある笑顔を見せられると自分は黙り込むしかないと、ラシード自身わかっていてやっているのだとしても。

「ずるい」

これくらいの文句は、と責めたレイだが、次の瞬間には大きな腕に抱き締められていた。

「レイこそ反則。僕がレイの上目遣いに弱いって知っててやってるだろう」

「知りません」

「じゃあ、憶えていて」

頬に口づけられる。

バドゥルが、唇を尖らせた。

「バドも！」

と間に身体を入れてきながら。

「もちろんだ」

バドゥルを抱き上げ、同じように口づける。

「きみたちは、僕の宝物だからね」

満面に見惚れるほどの笑みを湛《たた》えて。

「……ラシード」

もう何度も聞かされた言葉であっても、涙がこぼれそうになるのはレイにしてみれば至極当然のことだった。

ふと、ラシードがつかの間、思案の様子を見せた。

「――レイ」

いったいなんだろうと小首を傾げたレイに、デスクの上の封筒を手渡してくる。

「よけいなことかもしれないから、見せるかどうか迷ったんだが」

そんな前置きを聞く傍ら封筒の中身を確認してみると――それは興信所から届いた報告書だった。

「…………」

書類の文字を目で追う。難しいことはわからなかったが、簡単な文面のみでも十分だった。胸を鷲掴みにされたかのような疼痛《とうつう》を覚える。それは徐々に大きくなっていき、とうとう手のひらを胸に押し当てた。

だが、つらい痛みではない。むしろ甘さを伴っている。ラシードはいったいどれだけ自分を幸せにしてくれるのだろうか。

まるで、バドゥルが聞かせてくれた物語の魔法使いだ。

「俺……」

感情に任せ、レイはバドゥルとラシードに抱きつく。深呼吸をくり返しても少しも落ち着くことができない。

書類に書かれていたのは、自分の身に起こった出来事。母の過去。

シングルマザーだった母は病にかかり、自身が長くないと悟っていた。爪に火を灯すようにして貯めた幾《いく》ばくかのお金を病院に行くためではなく、我が子を路頭に迷わせないために使おうと知人に預けたのだ。

だが、知人はお金だけを懐に入れて、子どもを放置した。当然だ。自分の生活がやっとのなか、親戚でもなんでもない子を育てるなんて酔狂な真似を誰がするというのだ。

「お母さんはきみを捨ててなんていなかった。レイ、きみはとても愛されていたよ」

ラシードの言葉を聞いて、書類の文字が実感として認識でき、じわじわとあたたかな気持ちがこみ上げてくる。

ずっと捨てられたのだと思っていた。足手まといだったから、母は我が子を置き去りにしたのだろうと。

でも、ちがった。

我が身を顧みず、息子を守ろうとしてくれたのだ。

すでに顔を思い出せない母の記憶を辿り、頭によみがえらせた。やはり顔は不明瞭だけれど、微かな匂いと、レイと自分を呼ぶ声だけは漠然とよみがえってきた。

同時に、母を身近な存在として感じられるようになった。

「……ありがとう。ラシード」

レイは報告書を胸に抱き締める。他の人たちにはただの紙切れでも、自分にとっては唯一の母との繋がりだ。

「どういたしまして」

ラシードが、いつも自分を釘付けにするほほ笑みを端整な顔に浮かべた。

「憶えていて。いま、きみを一番愛しているのは僕だ。どんなにきみが素晴らしいか、僕が一生かけて示していくよ」

この一言の重みは、自分だからこそ理解できる。オメガと添い遂げようという王族なんて、これまで誰もいなかったのだから。

だとすれば自分は、少しでも認めてもらえるよう努力しなければならない。生涯かけてやり遂げることこそがラシードに返せる精一杯の愛の証になるだろう。

「俺も、ずっとラシードの傍にいます」

あらためて誓いを立てる。

壁にかけられた絵を誇らしげに見上げるバドゥルを挟んで手を繋いだレイは、遠い記憶のなかにいる母に、ありがとうと心中で礼を言った。

あなたが生んでくれたから俺は幸せになったよ、と。

そして、いつかバドゥルにも同じように幸せに感じてほしい。その日まで見守ることが自身の役目であり、願いでもあった。

きっと自分は今後もいろいろな幸せを味わっていくのだろう。たとえつらいことがあったときでもきっと乗り越えられる。

愛するひとと、可愛い子とともにいれば。

そんなことを思いつつ、大きな手に指を絡める。

「大好き」

愛しいひとのぬくもりに身を委ねたレイの心に満ちていたのはあふれんばかりの熱情、それから未来への希望だった。

あとがき

こんにちは。初めまして。高岡《たかおか》です。

今作は、アラビアンオメガバースはどうですかという担当さんのお勧めによって実現した、私にとっては間違いなくチャレンジかとなっています。

どのあたりがチャレンジかと言いますと、久々のアラビアンもオメガバースもなのですが、これは大変だぞと覚悟を決めていたおかげか、予想していたよりもずっと愉しく書けたのが自分でも意外でした。

ちょうどキャララフをいただいたところでして、小山田《おやまだ》先生がどんなふうに仕上げてくださるのか、いまはとても愉しみです。小山田先生、お忙しいなかありがとうございます！　ご一緒できて嬉しいです。

担当さんもご指南ありがとうございました。

そして、いつも読んでくださる皆様、初めてよという方も、メロドラマ風味のアラビアンオメガバース、少しでも愉しんでいただけましたらこれほど幸せなことはありません。

二〇二〇年、初新作、どうぞよろしくお願いします。

高岡ミズミ

Cocktail Kiss Label

カクテルキス文庫をお買い上げいただきありがとうございます。
先生方へのファンレター、ご感想は
カクテルキス文庫編集部へお送りください。

〒102-0073 東京都千代田区九段北1-5-9-3F
株式会社Jパブリッシング カクテルキス文庫編集部
「高岡ミズミ先生」係 ／ 「小山田あみ先生」係

カクテルキス文庫HP http://www.j-publishing.co.jp/cocktailkiss/

オメガの純情 ～砂漠の王子と奇跡の子～

2020年5月30日 初版発行

著 者 高岡ミズミ

発行人 神永泰宏

発行所 株式会社Jパブリッシング
〒102-0073 東京都千代田区九段北1-5-9-3F
TEL 03-4332-5141
FAX 03-4332-5318

印刷所 中央精版印刷株式会社

ISBN978-4-86669-282-1 Printed in JAPAN